세계시인선
10

나는 필히

너 그리워야 해

린장허

박재우 · 김영명 역

서정시학

그것

음울한 미사여구

나뭇가지 끝의 우울한 가랑잎

굳어진 피와 살이 떠돌아다니고 있네

그것

어두운 밤의 초원에서

잠들지 않은 마지막 눈동자

동결된 시간의 번개를 쉬이 떠나보내지 못하네

－「그것」 부분

나는 필히 너그러워야 해
我必須寬容

린장허林江合 지음

박재우 · 김영명 옮김

한 소년 시인에게 경의를 표하며

샤오샤오瀟瀟(중국 대표시인)

천재 소년 시인에게 서문을 쓴다는 것은 우리가 밤하늘을 올려다보며 화성의 마음을 헤아리는 것처럼 어려운 일이다. 처음 장허의 시를 읽었을 때, 그의 사유, 의도, 표현, 언어적 바탕을 보고 그가 성숙하고 개성이 있는 시인임을 확인할 수 있었다. 점점 더 많이 읽게 되면서, 그의 성숙함으로부터 더 많은 순수함과 경이로움을 읽게 되었다. 순수한 성숙함과 성숙한 순수함, 그의 시에 나타나는 작은 우주는 우리의 이 복잡하고 세속적이며 무절제하고 거친 성인의 세계에 대해 조용한 외침을 발했다. "나는 필히 너그러워야 해" 열다섯 살 소년 시인이 쓴 이 시구를 읽었을 때 나는 마치 화성의 추위에 닿는 듯했다. 내 마음은 떨렸고, 놀라고 두려웠고, 부끄러

웠다. 기도했다! 어떤 상황? 어떤 사건? 어떤 사회? 어떤 인간이길래 한 햇빛 소년에게 이렇게 초 경험적인 중금속 같은 소리를 내게 했는가! "나는 필히 너그러워야 해/나는──필히 너그러워야 한다!/설령 세찬 파도의 물보라가 절벽──벽 위의/ 성루에 튀지 않더라도/성벽은/불후의 손끝으로/기억하리니//……//나는 모든 사람이/공기의 점 속에 있는 걸 보았다/색의 짙고 옅음/녹아버린/빛의 크기//잎은 허리 굽혀질 때까지 아팠고/두드러진 혈관/구불구불/ ──마치 칼 들고/미소짓는 협객처럼//그의 한 오리 마지막 바람 속에서/점으로/널리 퍼졌다"

   이 시의 음절 하나하나, 단어 하나하나에서 나는 영혼의 깊은 곳에서 우러나오는 무게감을 느꼈다. 또한, 린장허의 호방하고 자유로운 상상력과 정교하고 시적 정취가 다분한 표현에 놀랐다. "나는 모든 사람이 공기의 점 속에 있는 걸 보았다" 맙소사. 나는 장허가 인간의 암흑을 공기 중의 무한한 한 개의 점으로 묘사한 것일까 하고 추측한다. 어쩐지 "잎은 허리 굽혀질 때까지 아팠고"…… 아마 "칼을 들고 미소짓는 협객"은 바로 시인 자신이겠지? 나는 이런 시편을 읽을 때, 나의 영혼도 휘어질 정도로 아팠다. ……시끄럽고 번화하고 가속도가 붙는 이 세상은 정말 심하게 병들어있다……이런 세상의 병폐에 대하여, 장허는 마치 경험 풍부한 의사처럼 짧은 시에서 잎사귀의 통증과 검은 점의 연장선으로 비유하고 있다. 그가 "칼을 들고 미소짓는 협객"처럼 가볍게 맥락을 파악하고 있는데, 겨우 열다섯 살이지만 보통 성인의 도량과 기질을 훨씬 뛰어넘고 있다. 여기에서 나는 진심으로 같은 동료의 신분으로 그를 칭찬하는 것이지 선배로서 이 천재 소년 시인에게 경의를 표하는 것이 아니다.

"시인은 추방된 신, 올림퍼스의 태양이 지구의 중심을 향해 솟아오른다." 이것은 린장허의 시 「그것」 중의 한 구절이다. 여기에서 열다섯 살 소년의 조숙한 지혜와 현실에 대한 남다른 통찰력을 엿볼 수 있다. 올림퍼스는 고대 그리스인들에게 신비스러운 산으로 여겨지고 있다. 그리스 신화에서 그녀는 지옥의 심연에서 태어나 영혼의 강에 뿌리를 두고 혼돈 가운데 점차 형성되었다. 세계를 지배하는 신들은 모두 산 정상에 살았는데, 이는 그녀를 힘과 권력의 절대적인 상징으로 만들었다. 하지만 이 소년 시인의 마음속에는 한 시대 시인이 추방된 신이 되었을 때, 올림퍼스의 태양은 오로지 지구의 중심을 향해 솟아오를 수밖에 없었다. 린장허는 그리스 신화를 이처럼 교묘하고 적절하게 오늘날의 맥락에 접목시켜 우리의 마음이 직접 경험한 듯하게 했고, 동시에 무한한 상상을 낳게 했다.……"그것의 영혼/매번 루트에 의해 분할되고/얼마 남지 않은 언어는 분할된다/하늘은 녹기 시작하고/구름과 바람은 흐르기 시작한다……자동차는 배기가스 속에서 썩지 않고/영감은 썩지 않고 오염된다."……시인이 보여준 이런 포스트모던적인 도착과 황당무계한 이미지 속에서 영혼은 수학의 루트에 의해 분할될 수 있고, 언어도 분할될 수 있으며, 하늘, 구름……모든 것이 다 분할될 수 있을 것 같다! 우리는 이 오염된 영혼을 어떻게 안치할 것인가?! 이 시는 너무 많은 정보량과 장력이 있어 송나라 장택단張擇端의 『청명상하도』를 떠올리게 한다. 화가는 긴 두루마기 형식으로 산점투시散點透視 구도법만을 사용하여 12세기 중국 북송 도읍지의 면모와 당시 사회 각 계층 인민들의 삶의 모습을 생동감 있게 그려냈었다.

우리의 소년 시인은 그의 독특한 수학적인 단순한 시각으로 이 시대의 복잡한 정신적 이미지를 중첩, 통찰, 굴절, 은유, 접기, 부수기 등……방식으로 짧은 시 속에 함축시켰다. 나는 "자고로 영웅은 소년에서 나온다"는 옛말을 되풀이하지 않을 수 없다. 린장허는 이 짧은 25줄의 시로 민감하고 낯섦으로 가득한 상상으로 우리 삶 속의 무감각, 권태, 습관이 된 단어, 사물, 행위, 점과 같은 우리의 생체 특징 등을 자연스럽게 융합시켜 우리에게 한 폭의 "포스트모던 정신적 폐품을 주워 놓은 그림"을 펼쳐주었다. 솔직히 말해서 나는 이 시를 여러 번 읽었는데, 매번 읽을 때마다 똑같은 충격을 받았다. 나는 속으로 다행이라고 생각했다. 지금까지 후배 젊은이들을 얕잡아보지 않았는데, 만약 린장허 같은 어린 소년 앞에서 나이를 내세워 거만하게 굴었다면 비웃음을 샀을 것이다. 왜냐하면, 오래전 내가 지금의 장허보다 세 살 더 많았을 때, 독선에 빠져 있다가 뮤즈에게 버림받은 자신을 존중할 줄 모르는 연장자들을 마음속으로 심하게 경멸한 적이 있기 때문이다. 그러나 장허는 어른들 무리에서도 조용하고 예의 바르고 온순하고 우아한 소년이었다. 내 기억으로는 베이징의 깊은 가을에 그를 처음 만났고, 그때 그의 부모님이 동행했다.

그의 부친인 위안안遠岸형님은 신용과 수련의 경지가 부족한 이 시대에 내가 존경하는 시인으로 시든 인품이든 보기 드물게 겸손하고 빛을 발했다. 나는 주변의 몇몇 시인들로부터 위안안형님에 대한 마음에서 우러나오는 칭찬을 들었다. 예를 들어 베이다오北島, 사오췬少君, 칭화淸華, 장띠臧棣, 우창五昌, 옌시雁西, 하이뽀어海波……등등. 이 아이가 시를 쓰기 때문에 우리는 위챗에 서로 친구 추가를 했다. 후에 중요한 명절이 되면 장허는 항상 나의 위챗에 즐거운 명절 되세요라는 댓글을 남겼다. 그때 그는 겨우 12~13세였다. 처음에는 그의 부모님이 일깨워준 결과라고 생각했다. 한 시인들 모임에서 특별히 위안안형님에게 물어보았다. 알고 보니 모두가 장허의 타고난 품성이었고, 어른들은 알지 못했다. 그 당시 나는 이 아이의 교양, 선량함, 타인을 사랑하는 초심에 감명을 받았다. 나도 가끔 장허의 위챗 모멘트를 통해 그의 즉흥작을 읽어보곤 한다. 어느 날 내가 그의 「2017」을 읽고 정말 깜짝 놀랐다. 꼬마는 겨우 14살에 불과한데 그의 시는 비약적으로 대담하고 성숙했다. 언어는 깨끗하고 풀처럼 자연스럽고 이 세상에 오염되지 않은 시적인 자유와 솔직함이 있었다. 특히 "2017은/아주 귀엽고/섬세하다"라는 구절은 천뢰天籟처럼 자연스럽고 아동의 천진난만한 시적 정취가 흘렀다. 2017은 털이 보송보송한 사랑스러운 베이비처럼 질감이 있고 차가운 시간과는 전혀 무관하다는 느낌이 들었다. 내 마음도 달콤함과 따뜻함으로 가득 찬 것 같았다. 나는 일찍이 「그들 얼굴의 먹구름」이라는 시에서 이렇게 말한 적이 있다. "2017은 암류가 용솟음친다/마치 제멋대로/휩쓰는 모래 강처럼/세상을/비범하고 시비로 얼룩지고 귀신이 있는 곳으로/끌어당겼다/전환하는 한해이다" 이 시속에는 혼돈의 세계에 대한 생각의 예측불허, 초조함, 아픔, 무거움과 아무런 방법이 없는 성인의 사유가 고스란히 드러나 있다. 그러나 장허의 시적 사유는 우리에게 새로운 차원을 제공해 주었다. 2017년은 연도로 사계절의 추움과 따뜻함, 인간 속세의 복잡함, 똑딱거리는 시계방향, 시간 속의 공간 등이 장허의 시속에서 모두 걸러지고, 추상화되어 있다. 마치 영국 수학자이자 논리학자인 앨런 매티슨 튜링의 신비롭고 간단한 감각 방정식처럼. 장허는 탄생하여 자라나고 발전하고 혼란스러운 자연 세계를 그가 감지한 느낌 그대로 가장 단순하고 생명의 초기 상태로 묘사했다. 그런 다음 그것이 변화하기 시작한다. "그리고는/시간의 배후에/너의 눈이 반짝인다/어두운 밤은 빙빙 돌고/파란 별은 하나둘씩/가벼운 구름 뒤에 숨는다//물론/겨울의 태양은 그렇게 단순하지 않다/기타에는 비파의/거친 향기가 섞여 있다/물론/2017은/아주 귀엽고/섬세하다" 질서와 혼란 사이에 있는 물질적 세계에서, 장허는 의도치 않게 앨런 매티슨 튜링으로 향하는 시각을 열어주었다. 즉 다시 말해서 앨런 매티슨 튜링이 인간을 위하여 발견한 가장 기발하고 믿기 어려운 생명의 비

밀로 향하는 길, 가장 간단한 수학 방정식으로 이 복잡한 생물 세계를 묘사한 것이다. 그러기에 인간은 컴퓨터를 발명한 것이다. 이것이 바로 장허의 대단한 점인데, 그는 홀가분하고 자연스럽게 생명 시스템의 핵심에 도달한 것이다. 어쩌면 보이지 않는 곳에서 머리가 비상한 천재들은 서로 통했을는지도 모른다. 나이, 시공, 학과의 경계는 없다.

한 시인이 만약 단지 단어, 언어의 움직임에 대한 천부적인 재능만 가지고 있고, 타인과 세계에 대한 사랑하는 마음이 없다면 최고의 시인이라고 말할 수 없다. 블랙호크처럼, 다른 성능이 아무리 좋아도 엔진이 없다면 하늘을 날지 못한다. 그런데 장허는 비록 집안 사정이 탄탄하고 경제적으로도 여유롭고 좋은 교육을 받으면서 성장했지만, 타인과 이 훼손된 세상에 대한 사랑하는 마음이 있다. 「그」라는 시가 가장 좋은 예라고 할 수 있다. "그의 얼기설기 주름이 교차한 손/삶을 지탱해준 괭이 잡는다/괭이자루 위의 풀/발아래에서 줄곧 아우성치며/휘날리는 눈썹 쫓아낸다//올해는 풍년이 아니다/밀은 몸부림치며 진부한 가을바람 속에서/ 한 걸음 한 걸음 간신히 대지에 발을 들여놓는다/달빛은 아직 그의 침묵하는 근심 수확할 겨를 없고/공기/거짓말보다 더 날카로운 공기가 그의 콧구멍으로부터/지구를 밀어낸다." 이것은 완전히 슬픔을 담은 현시대의 농사 짓는 그림이다. "그의 얼기설기 주름이 교차한 손/삶을 지탱해준 괭이 잡는다" 간결한 스케치 두 마디로 산전수전 다 겪은 농부의 모습이 눈앞에 선명하게 그려진다. 그리고 붓끝을 돌려 "올해는 풍년이 아니다." 밀의 몸부림, '진부한 가을 바람'은 어렵지 않게 두보의 그 유명한 「초가집이 가을바람에 무너진 것에 대한 노래」를 연상케 한다. 시 전체의 분위기, 공간과 기상이 단번에 높아지고, 관통되고, 자유분방해졌다.…… 이어서 "아버지, 아버지의 아버지와 어머니—대대로 봄에 갈 했던 땅 위에 서서/그는 가볍게 겨울을 가슴에 넣는다/아버지, 아버지의 아버지와 어머니—대대로 응시했던 마을 끝에 서니/등 뒤는 끊임없이 증발하는 파도/멀리 신, 신도와 이교도를 사이 두고 /마을 저쪽 끝/쓸쓸해도 무너뜨릴 수 없는 맑고 깨끗한 남방" 여기에서 나는 땅에 의존하며 사는 농민들이 여전히 대대에 걸쳐 반복적으로 일하고, 계절과 수확을 반복하며, 반복되는 가난과 마음속에 일어나는 밝은 듯 어두운듯한 불꽃을 보았다. 바로 이런 짙은 슬픔에 휩싸여있을 때, 시인 장허는 갑자기 신의 한 수를 썼다. "멀리 신, 신도와 이교도를 사이 두고 /마을 저쪽 끝/쓸쓸해도 무너뜨릴 수 없는 맑고 깨끗한 남방이다." 어떤 신념과 수련의 경지가 집안이 좋은 소년이 이 땅에 흔히는 볼 수 있는 고단함을 느끼게 했는가? 대대로 아무리 힘들어도 강인한 그 초심을 감지하게 했는가? 마치 무너뜨릴 수 없는 그 청명한 남쪽 하늘처럼. 분명한 것은 열다섯 살의 어린 장허는 소외계층에 대한 타고난 사랑과 현대 중국어시를 초연하게 다루는 능력으로 넓은 시야로 우리에게 빛의 세월을 가로지르고 시공간을 접는 비판적인 현실주의 슬픈 그림을 그려주었다.

이러한 연민과 인간애를 담은 시로는 또 「엘리베이터와 멜론」 등이 있다. 장허의 일상 경험에 대한 시적 승화와 탁월한 처리 능력은 사람을 놀라게 한다. 엘리베이터와 멜론은 우리 곁에는 너무나도 평범한 사물이지만, 장허의 붓끝에서는 멜론을 먹고 엘리베이터를 타는 작은 사건을 교묘하게 시각과 촉각을 특정한 순간에 펼쳐주어 단어와 의미의 만남 속에서 기적을 만들었다. 원래 평범한 단어, 버림받은 생명인 파리, 넝마주이의 무감각한 얼굴, 가벼운 사소한 부분들 예를 들면 "그 끈질기고 달콤한 실타래 같은 근심/내 잇새에 끼었네" 이는 얼마나 생생하고 참신하고 정확한 표현인가! 평소와 다름없는 또 다른 풍경과 마음 깊은 곳에서 우러나오는 감동과 생각을 담아냈다. 마지막에 그는 교묘하게 파리의 눈을 빌려 인간의 세태를 꿰뚫어 보았다. "입가에 맴도는 파리/어렴풋이//문틈 밖에서/넝마주이 무감각한 얼굴을 보았네"

　린장허 시의 천부적인 기상은 어디서나 볼 수 있는데, 나는 그의 작품을 읽을 때 종종 그의 나이를 잊고 그의 시편에 나오는 진주, 마노, 보석, 별……에 매료된다. 예를 들면 그의 「초원을 위하여」 중 "나무 옆에 땅딸막한 신/왼손에 구운 양 들고/셔츠 두 번째 단추 풀어 놓고 있네", 「누군가에게」 중 "조석이 밤낮으로 나의 문을 두드리니/알파벳이 그리움처럼 밀려오고", 「태풍, 비, 양초 그리고 별이 없는 밤」 중 "바람은/볼을 불룩하게 하고/시원함을 넘어선/흙비를 토해내네", 「바탕색」 중 "새 지저귀는 소리가 석유처럼/뿜어져 나왔네". 이처럼 청신하고, 자연스럽고, 익살스럽고, 또 시적인 섬광이 번뜩이는 구절은 장허의 시 행간 곳곳에서 총기를 뿜어내고 있었다. 만약 린장허의 시적 언어가 자신에게로 향하는 아름다움이라면 그의 시적 재능과 천재성은 나를 감탄하게 했다. 그렇다면 그의 「공백」은 소년의 마음과 지혜를 넘어 지역, 인간성을 초월했다. 죽음과 직접 대화하는 시구는 나를 은근히 탄복하게 하면서 혀를 차지 않을 수 없게 했다. 죽음은 철학의 궁극적인 명제이며, 물론 역시 시의 일부분이다. 우리가 대가들의 시를 말할 때, 죽음은 종종 그들의 시에서 가장 깊은 부분까지 미치고 있다. 열다섯 살의 장허는 그의 「공백」에서 이렇게 언어로 죽음을 관통하고 있다. "저승사자의 숨결 봄처럼 단단하니/그는 비실비실한 햇빛 속에서/어느 쪽 공백과/미래를 이야기할까?" 그는 죽음을 묘사하는 상상을, 무의식적으로 펼치고 모으고 하는 과정 중에 또 다른 새로운 경지로 승화시켰다. 프랑스 당대의 유명한 철학자 알랭 바디우조차도 감개무량하게 "시는 항상 철학을 당황스럽게 한다"고 말한 바 있다. 린장허가 천재 소년 시인이라는 것은 의심의 여지가 없다. 우리는 그의 「한밤중에 아빠와 시를 읽다」를 읽으면 이 점을 더욱 깊이 이해할 수 있다. "내 목소리는 불쌍할 정도로 작아/아빠 말씀 속에서만 메아리가 들렸다/스탠드는 시선 늘 어뜨렸다//시는 읽힐 때 어떤 생각을 할까?/──오늘 아침에 방문했던 참새/한밤중에 배회하는 바다/원숭이 앞에서 우리는 어떤 존재인가?//──이 외에/──모든 것이 더없이 조용했다

//다행히 여기 두 명 있고/커튼은 밤을 질질 끌고 있었다" 이 시는 가벼운 어조이지만 이렇게 간결하고 날카롭다. 목소리는 가련할 정도로 작으면서도, 귀청이 찢어질 듯하지 않은가! 그렇다. 오늘날 정보가 넘쳐나는 세상에 립서비스 시는 넘쳐나고 불빛은 동물들의 밤을 쫓아버리고 원숭이는 어두운 밤의 소중함을 알고 있다. 인간은 오히려 순서가 전도되었다. 시는 읽힐 때 어떤 생각을 할까?······원숭이 앞에서 우리는 어떤 존재인가? 이런 질문은 사춘기 소년의 유치한 미혹이 아니라 우리가 지금 점점 더 많은 곤경에 처했을 때 인간이 반성해야 할 철학적인 명제이다. 이 시는 이미지 변화가 많아 포착하기 힘들고, 사상이 명확하고, 언어가 역동적이고, 수사가 정확하며, 시적 정취도 긴 여운을 남겨준다.

밤에는 아버지와 시를 읽는다. 사실 이것이 바로 장허의 일상이다. 사실 한 천재 소년 시인의 출현은 뜬구름처럼 불쑥 튀어나온 것이 아니다. 어느 해인지 기억은 나지 않지만, 나는 하이난에서 개최한 양안兩岸 시가 학회에 참석한 적이 있다. 그때 사오쥔少君 형님이 나에게 위안안 형님을 소개하여 우리는 알게 되었다. 이야기를 나눌 때 가장 놀라웠던 것은 위안안 형님이 와인의 영혼과 생명을 극치의 경지로 썼다는 점이다. 그뿐만 아니라 완벽하지 않은 오늘날의 물질적 세계에 시적인 정취를 부여해 주고 가족 교육의 모범을 보여주었다. 즉 한밤중에 아들과 함께 시를 읽기이다. 출장을 가지 않으면 거의 매일 밤 아들과 함께 국내외 시 한 수를 읽고 잠

자리에 들었는데, 그때의 장허는 겨우 몇 살에 불과했다. 장허는 틀림없이 우리 주변의 뛰어난 시인의 시와 외국 시인들의 명문을 많이 읽었다고 할 수 있다. 이런 시를 통한 영향과 교육은 중국에서도 매우 드물다. 린장허가 열다섯 살 어린 나이에 이처럼 노련하고, 기발하고, 섬세하고, 용솟음치고, 시적 예술성에 대한 검증의 시련을 견뎌낼 수 있는 시를 쓸 수 있었던 것은 놀라운 일이 아니다. 더욱 다행스러운 것은, 장허는 다방면의 취미를 갖고 있고 서예도 아주 뛰어났다.

　장허는 2016년에 제19회 "중일 청소년 서예회화전"에서 '하토야마鳩山 상'을 수상했는데, 특별히 초대를 받아 일본 무라야마 도미이치村山富市 전 수상과 함께 기념식 테이프를 끊었고, 하토야마 유키오鳩山由紀夫 전 수상이 친히 상을 주셨다. 일상 중에서 장허는 더욱 활발하다. 몇 살 때부터 골프를 칠 줄 알았고, 이젠 농구 솜씨도 뛰어나다. 코언Cohen처럼 분위기가 있는 남성적인 음악도 좋아하고, 와인에 대한 열정도 그의 아빠처럼 대단하다. 이처럼 무한한 가능성으로 가득 찬 어린 동료를 마주하게 된다면, 오직 축복만 있을 뿐이다. 나는 오늘의 장허가 어제의 장허가 아니고, 내일의 장허는 동방의 장허, 세계의 장허임을 선명하게 보았다. 너에게 축복을 기원한다!

　　　　　　　　　　　　　　2017년 11월 11일 베이징에서

차 례

제2부 코끼리와 바나나

제3부 바닷물로 둘러싸인 곳에 서서

제1부 신으로부터 사람까지

제1부

저명 대만 시인 '시마詩魔' 뤄푸洛夫:

그대는 동쪽에서 떠오르는 태양, 나는 서쪽에서 지는 석양. 우리는 같은 태양이지만, 각기 다른 자리를 차지하고, 각자의 빛을 발한다.

저명시인, 중국작가협회 부주석 지디마지아吉狄馬加:

종이비행기를 썼던 그 소년의 비행은 모든 가능성을 열어주었다. 우리를 기쁘게 한, 이 시집이 바로 그 증거이다. 나는 그가 더 멀리 날 수 있으리라 믿는다!

저명한 독일 한학자, 시인, 번역가 쿠빈Wolfgang Kubin:

당대 시가의 국내외 상황은 상당히 복잡하다. 자연과 인간의 대립이 커지고 있기 때문이다. 우리는 산수의 친구로서 다시 자연으로 돌아가야 한다. 린장허는 이 점에서 좋은 본보기를 보여주었다. 그의 이름은 숲과 강을 하나로 만들었는데, 그의 시는 시인과 우주를 하나로 만들었다. 이렇게 가장 간단한 것이 그의 펜 아래에서 원래의 존재로 돌아왔다.

저명 소설가 한사오꿍韓少功:

소년의 마음은 시와 먼 곳에서 피어났고, 장허의 '관용'은 예사롭지 않다.

저명 시인 리사오쥔李少君:

장허는 또래 아이들보다 탁월한 탁 트인 시야와 폭넓은 식견에 비상한 상상력까지 겸비하고 있다. 시간이 좀 지나면 장허는 우리를 더욱 괄목하게 할 것이라고 믿는다. 그는 이미 우리를 깜짝 놀라게 했다.

저명 시인, 중국시가학회 회장 황누보黃怒波:

장허는 중국 시가학회의 최연소 회원이다. 그는 자신의 시로 세상을 읽을 때, 이미 '관용'의 잣대를 사용했다. 이것은 일종의 새로운 시학적 지향이다. 그의 '입을 꼭 다문 흙'으로 추측했을 때, 우리는 신세대의 시인이 다가오는 것을 보았다.

나는 왜 시인인가?

소설을 쓰고 싶었지만
너무 힘들어서
펜을 멈추었고

나중에
산문을 쓰고 싶었지만
재미없어서
종이를 버렸네

시와 나는
의기투합하여
찰떡궁합이 되었지

게다가
그것이 가장 힘이 덜 들었네

그래서 나는 시인이 되었지

2014. 7

장인

쓸쓸한 가을바람
장인은 오랜 시간 동안 삶을 지탱해 준
일손을 꼬옥 쥐고 있는데

장인 등 뒤 어둠 속에는
노트르담 찬송가가
저승사자 낫이 되어
혼탁한 숨통을 조이고 있네

소위 광명이란 것은
건방지게 웃고 있고

2014. 9. 1

4월 22일 먹구름을 위해 지은 시

먹구름은 개혁의 나팔수

잿빛 그림자

천지를 뒤덮듯이 도시로 몰려들어

탁자 위의 마지막 한 줄기 빛을 삼켜버리네

워터 스크린은 곧 이 도시를 폐쇄하고

달은 질주하는 차바퀴에 의해 회전되어 시간의 귀밑머리가 되니

죄악의 공기

또 무엇을 바라겠는가

구원은

천사의 종속물

침묵하는 자에게는 받을 권리가 없네

2015. 4. 22

그것

그것
음울한 미사여구
나뭇가지 끝의 우울한 가랑잎
굳어진 피와 살이 떠돌아다니고 있네

그것
어두운 밤의 초원에서
잠들지 않은 마지막 눈동자
동결된 시간의 번개를 쉬이 떠나보내지 못하네

그것의 영혼
매번 루트에 의해 분할되고
얼마 남지 않은 언어는 분할되니
하늘은 녹기 시작하고
구름과 바람은 흐르기 시작하네

그것은 곧게 서서
물방울 하나하나에 맴돌다가

편칭된 처마를 새겨내네

상인의 노랫소리
너저분한 길을 찬미하고
문은 나무뿌리 위에서 험상궂은 표정을 지으니
이 땅은
강철의 품에서 썩고 있네

자동차가 배기가스 속에서 썩지 않고
영감은 썩지 않고 오염되니
시인은 추방된 신
올림퍼스의 태양이 지구의 중심을 향해 솟아오르네

2016. 2

시인이거나 드라큘라이거나

나는 캄캄한 밤 속의 사람이 될까
더 이상 어떤 일에도 관심 갖지 않는

시에만 전념하고
달에 앉고
달 궁전
문 앞의 풍성한 꽃 옆에 앉아

그것의 달빛을 쓰는

2016. 2

31

숲에 보내는 러브레터

네가 왔다고 너는 말한다
붉은 노을이 하늘 가득
거친 어망
금빛으로 물든 파도

파도는 겹겹이 쌓여
과일 향기 풍기고
거울 무늬처럼 반짝이네
남포등과 통 나무집이 행복의 소리를 낸다

네가 왔다고 너는 말한다
나는 이제부터
거절한다——
목욕해본 적이 없는 새
그리고 백정
나는 매일 밤 말 씻겨 주고 먹여주며

챙겼던 배낭 메었다가 다시 내려놓는다

밤새도록 등불 심지 돋우고

너와 함께 가기를 기다린다

2016. 3. 29

날아가는 새에게

밤안개 공중에서 기타치고
은하수 뻗어서
창공의 혀 주름지게 하네

바람에 춤추는
너를 보며

꽃 한 송이 딴다

사방을 둘러보니
아무도 없네

2016. 4

초원을 위하여

시골길
너무 좁구나
산의 영혼이
몸을 옆으로 돌려
겨우 초원에 왔네

초원의 길
너무 넓구나
흰 구름 아래
오직 나무 한 그루
나무 옆에 땅딸막한 신
왼손에 구운 양 들고
셔츠 두 번째 단추 풀어 놓고 있네

길 가운데
오직 그 혼자만이 있네

2016. 7

만리장성에게

음모가들이
산기슭에 이르러

기어서 영웅의 유해를 통과하니

몰락한 용이
그들의 마음에서 부활하네

2016. 8

유심론자

태초에
봄과 여름은 넘치는 물
가을은 아직 공중에서 내려앉지 않았고
겨울은 비틀거리는 신
씨앗도 없고
온도도 없이
가물가물한 어두움은
아직 태양을 창조하는 지능이 개발되지 않았지

세계의 뇌에는
별똥별이 그어서 생긴 주름 한 가닥 한 가닥
사계절을 해산하는 비린내를 풍기네

그 후 바람이 생기니
바람은 빛의 소매
풀, 열매, 나뭇잎, 그리고 마른 가지를 가져왔네

어둠 너머의 저 바다

낮은 소리로 부서진 암초를 찬양하고 있는데
마치 우주의 파열된 경문을
강술하고 있는 것 같아

그것은 사계절 밖의 문자

가장 원시적인
버려진 영감

2016. 9. 17

창밖

무표정한 채로
가까운 구름은 턱을 받치고
부드러운 낚싯바늘로
땅을 낚고 있네

돌은 아직 의미를 부여받지 못했는데
이쪽의 비에서
저쪽까지

유리의 속눈썹은 시들었고
길은 혼탁한데
슬픔은 곧 쓰러질 듯하네

2016. 12

그

그가 마을의 이쪽 끝에 서니
등 뒤로는 아득한 중국
계곡물, 소라, 야자수를 멀리 사이 두고
마을 저쪽 끝은
광대하고 심오한 북방

그의 얼기설기 주름이 교차한 손
삶을 지탱해준 괭이 잡는다
괭이자루 위의 풀
발아래에서 줄곧 아우성치며
휘날리는 눈썹 쫓아낸다

올해는 풍년이 아니다
밀은 몸부림치며 진부한 가을바람 속에서
한 걸음 한 걸음 간신히 대지에 발을 들여놓는다
달빛은 아직 그의 침묵하는 근심 수확할 겨를 없고
공기
거짓말보다 더 날카로운 공기가 그의 콧구멍으로부터

지구를 밀어낸다

아버지, 아버지의 아버지와 어머니—대대로 봄에 갇혔
던 땅 위에 서서
그는 가볍게 겨울을 가슴에 넣는다
아버지, 아버지의 아버지와 어머니-대대로 응시했던
마을 끝에 서니
등 뒤는 끊임없이 증발하는 파도
멀리 신, 신도와 이교도를 사이 두고
마을 저쪽 끝
쓸쓸해도 무너뜨릴 수 없는 맑고 깨끗한 남방

2017. 1

봄의 노래

나는 잊은 적이 없다
당신의 대리석처럼 꽃이 만발한 가슴과
바다처럼 심원한 눈망울

──이것은 노력하지 않는 술고래가 만취한 이유
일하기 싫은 농부가 비문을 새기는 순간

당신은 농부들에게
육체적인 무거운 벌을 주고
이 불쌍한 사람들에게 기다림의 괴로움을 주었다

나는 운이 좋게도
젊었을 때 당신의 경쾌한 어떤 모습을 목도하여
당신의 독재를 찬양하기 전에

살아 있는 송장처럼
사계절의 교체에 침몰하는데 이르지 않을 수 있었다

2017. 2

바다에게

보고 싶었어
너의 귀밑머리
너의 눈썹꼬리
너는 너무 오랫동안 나에게 편지 쓰지 않았어

내 몸 전체가
밀물 속도로

하얀 목선에 말라붙었어

다행히 내 심장은
아직도 뛰고, 또 뛰어
친절하게 갈매기의 소식을 가져왔지
그리고
정말 오랜만에 듣는 파도 소리도

2017. 2

친구 알렉스

알렉스는 무슨 생각 하고 있을까
호수는 벌써 말랐는데
여름은 내레이터의 말투로 되감기 하고
적막이 넝쿨처럼
그의 손을 꽉 잡는다

알렉스가 다시 고개 돌리니
불빛은 너무 부실해서
어둠이 살랑살랑 흔들거리며
구름을 강기슭으로 칠해 버린다

알렉스는 우물거리며 무엇을 말하고 싶어 했을까
고독이 공기를 밟으며 총총히 달려와
술 마개처럼 그의 입을 막으니
바람이 새지 않는 유리
언짢은 표정을 짓는다
아 불쌍한 알렉스여
화산이 곧 폭발하려 하는데
너는 왜 머뭇거리며 떠나지 않는가?

2017. 3

그녀

그녀가
손가락으로
지구의 겉옷을 걸치니
연푸른 속눈썹은
유치한 입버릇 같아

어둠은
바다의 분노를
덩어리로 냉동시키며
머뭇거리는 공기는 포효하며 육지로 달려가네

그녀가 손을 흔드니
표범은 뜨거운 빛 아래에서 눈을 가늘게 뜨고
그물은 온 여름을 건져내네

돛단배가 속도를 내다가
또 가속하니
습한 갑판은 검고 딱딱한 바위 같아

산천이 크게 움직이니
먼 곳의 산 정상은
더 먼 곳으로 이동하네

문명은 감옥처럼
내려앉고
안쪽의 새하얀 깃털은 충돌하면서
날카로운 소리를 내고
멀지 않은 곳에서 들려오는 신음소리
저속한 작가는 범죄자, 평민, 그리고 무례한 공주를 위
해 전기를 쓰고 있네
법령을 가득 실은 트럭이 옆으로 전복되니
참수될 사람은 왕뿐만이 아니지

까마귀의 눈빛은 변함이 없고
광장도 추위를 견딜 수 없어 밤의 어둠 속에서 산산조
각 나네
자세 낮춘 쥐

방황하는 쓰레기 더미

저격수는 침묵하는 군중을 조준하고
하늘은 힘차게 대지를 후려치고 있네

수많은 날개는 울타리의 근심 받쳐 주지 못하고
선원의 탄식은 옷자락을 적시네

2017. 4

도둑

문득
도둑에 관해 쓰고 싶어
──붓을 내던지고 종군하니
등 뒤 밀 같은 얼굴의 홍조
처량한 아름다움은 그의 웅장함 닮았네

2017. 5

누군가에게

우리는
  빵집에서 만나야 할까
  ──사자처럼 빼앗지만
  그러나 또 도도했지

그리하여
조석이 밤낮으로 나의 문을 두드리니
  알파벳이 그리움처럼 밀려오고
산봉우리가 무릎을 반쯤 꿇고 깃발을 높이 드네

혼란스러운 오후
공기는 가볍게 꿈틀거리는데
우리는 무엇을 더 배워야 하는가
활짝 핀 꽃

또한 끈질기네

2017. 5

너

너,

너는 말이야.

사자처럼 우울하지만

──거꾸로 엎어진 가죽 주머니에 불과할 뿐이야

머리털이 곤두서서 마치 한 조각 한 조각 해역 같고

가득 찬 분노는 너무나도 실제에 맞지 않아

너는 단단한 입술을 오므리고

영혼이 마르는 계속된 탐구 속에서

황폐하고 적막해졌어

구름이 변화 속에서 발버둥 치지만

2017. 6

기사騎士

육지가 하늘을 뒤덮으니
밤은 구름의 기사
멀리 등불은 새까맣게 타고

바람은 바다의 비늘을 잡아당기니
손을 내리고 서 있는 집은 별빛을 맞이하며 낮은 소리
로 외치네

의미가 부여되지 않을 때까지
몰래 잠복하며
공기는 시간의 갭을 짓누르니

발굽 자국이 펼쳐지네
부러진 창

2017. 6

제2부 코끼리와 바나나

제2부

저명 시 평론가 장칭화張淸華:

나는 정확하고 기이한 시적 정취와 상상을 읽었다. 이 시는 소년의 기이한 생각, 이 세상에 대한 어떤 의구심과 기대와 판단을 아주 적절하게 결합했다. 장허의 글짓기 능력은 나의 평소의 판단보다 훨씬 뛰어났고, 그를 무시하는 사람들의 마음을 부끄럽게 하는 그런 힘을 느끼게 했다.

저명시인 샤오샤오瀟瀟:

처음 장허의 시를 읽었을 때, 그의 사유, 의도, 표현, 언어적 바탕을 보아 그가 원숙한 시인임을 확인할 수 있었다. 점점 더 많이 읽게 되면서, 그의 성숙함으로부터 더 많은 순수함과 경이로움을 읽게 되었다. 순수한 성숙함과 성숙한 순수함, 오늘의 장허는 어제의 정허가 아니고, 내일의 장허는 동방의 장허이다.

저명한 시 평론가 징원둥敬文東:

장허는 마치 온몸에 민감한 촉을 담은 감광필름처럼 세상과 만날 때 즉석에서 사물의 변화된 빛과 흔적을 포착하고 표현한다. 그는 시로써 이러한 느낌을 전달했다. 세계는 고정불변한 원형으로 된 구조와 이성의 틀이 아니라 한줄기 한줄기 약동하는 빛이고, 한가닥 한가닥 흐르는 색채이며, 막 선을 보인 곳곳에 잠재된 능력자이고 동력자이자 활력소이다.

저명시인 아이쯔艾子

장허는 시단에서 천재 소년 시인으로 불린다. 내 눈에 비친 장허는 학업이 우수하고, 영어 회화가 유창하고, 서예 분야에서도 여러 번 수상한 모범생이다. 또 책가방에는 항상 농구를 넣고 다니고 코트에 등장하기만 하면 덩크슛의 명수가 된다. 그는 비범한 상상력과 언어 구사 능력으로 시의 맑고 참신한 지혜의 문을 열었다. 또한 전지전능의 질감으로 '천재 시인'이라는 개념을 새롭게 해석했다.

우웬1)(2)

물이
너무 맑아

유채꽃이
배보다 더 향긋하게 피었네요

장江선생님은 아직 몰라요

---

1) 우웬婺源은 중국 장시江西성 상야오上饒시에 소속되어 있는 현이다. 토
지의 80% 이상이 산이다. (역자주, 본 번역서의 주석은 모두 역자주이다)

　나는 필히 너그러워야 해我必須寬容

건포도의 관점

건포도 한 알
그릇 밑바닥에 달라붙었네

내년
춘하추동 막론하고
모두 열매 맺으니

가장 높은 그 포도알
내 손에 딱 닿네

2014. 2

태풍, 비, 양초 그리고 별이 없는 밤

바람은
볼을 불룩하게 하고
시원함을 넘어선
흙비를
토해내네

내가 모르는 것
별은 알고 있지
그녀의 불빛이 비에 꺼져버리자
그녀는 바람을 빌어
태양을 쫓아가네

내 집중해보니
바람 없는 밤만 보이고
비 오지 않는 밤만 보이며
별이 총총한 하늘만 보일 뿐
아무것도 보이지 않네
별이 없는
밤만 보일 뿐

2014. 7. 20 람마순 태풍이 부는 밤

코끼리

고래가 태양을 싣고
심해로부터 솟아오르니
부패한 몸집이
공기 중에 녹았다

두 개의 커다란 눈동자는
땅에 떨어지고
수염은
뿌리부터 굳기 시작하여
더 이상 빛처럼 휘날리지 않고
위로 치켜 올라
눈동자에 달라붙었다

코끼리는 울부짖기 시작하고
태양은 아직 하늘에 떠 있다

2014. 8

59

시애틀의 전경

엄마에게는
워싱턴 호수가
아빠에게는
바다가 보였고

난 근시
멀리 흰 모자 쓴
설산만 보이네

2014. 8. 22

해풍

해풍의
비틀거리는 걸음을 보았네
오, 아니
그것은
모래에 대한 미련

저 천둥소리는
그의 부드러운 속삭임

2014. 11

검은 백조

창공 근방 어둠은
바다 경계를 어렴풋이 비추고
해면은 잔잔한 홍차
살짝 달아오른 잔물결
백사장 노출된 달빛
구름 덩어리 힘껏 내친 백조를 탄생시키네

백조 아래 눈부신 짙은 안개 빛
아침 햇살에 깜짝 놀란 검은 말

──자유로운 외딴 섬
동화의 성루에 남아서
밝은 햇살 같은 사람들을 향해 달려가네, 보게!
저 가시 돋친 덩굴 그물은
파도에 갇힌 별이네

모닥불 남은 온기 곧 나타날 석양의 단호함을 일깨우고
파도에 섞인 모든 먼지, 그리고 비린내 녹여버리네

＜

어부와 아내는 반쯤 노출된 백사장으로 달려가네

——외딴 섬의 팔뚝으로

빛은 밀려와

혼돈에서 희망을 껴안네

2014. 12

마침내

당신은 자전거 옆 벚꽃의 쓸쓸함을
명심하고 있을 테지

그것은 무릉 사람
잠 못 이루는 밤

요란한 천둥소리

2015. 3

나는 필히 너그러워야 해我必須寬容

물고기

숲은
물고기의 비석
비석 위의 비문은
──땅의 향기

숲은 쓸쓸한 비가 그의 이마 스치고 지나갈 때까지
간결하고 강경하네
햇빛은 대지를 파헤치고
물고기 투구 반짝반짝 빛나네

2015. 4. 11

이별가

고집이 센 낙양은 도시의 눈
거리의 침묵 비추네. 붉은 비단은 바람 속에 춤추는
과일 향의 빛

남산 가랑비. 북해의 눈
유랑하는 사람
바람 속을 걷네, 배회하는 구름

2015. 9. 1

나는 필히 너그러워야 해我必須寬容

룽러우1)의 햇빛

룽러우의 햇빛
아주 쉽게
파도 뚫고
바다 밑으로 들어가고

나무 그늘 아래
어촌의 저녁
식지 않은 커피
깨어난 와인

그리고 시인
파도 소리 가득 찬 가족사진

2015. 9

---

1) 룽러우龍樓는 중국 하이난海南성 원창文昌시 동쪽에 있다. 중국의 유일
한 해상 인공위성 발사 중심지이다.

시애틀의 지붕

시애틀의 지붕 낮은 하늘로
나이의 황량함을 초월한다

서신을 보냅니다
잘 지내십니까?
다람쥐는 여전히 갈색의 그놈인가요?

지붕이 멀리서 한번 흔들리더니
낮은 하늘로

낙관을 찍는다

서명란에 두 명의 노인이 슈퍼마켓 카트를 밀고
날짜에 구매리스트를 기입한다

2015. 10

나의 우울함

공기는 나의 우울함을 덮고
잿빛 안개는
미친 듯이 자라는 야자수에 거꾸로 꽂히네

우울함이
침묵에
가까우니
생각은 한 가닥 한 가닥씩 시들어 떨어지고

따뜻하고 노란 불빛은
밤의 어깨에
기대네

우울함이
바야흐로 이브닝드레스를 입으려 하니
나는 그에게 손짓하고

안녕
빗속에서 그가 대답하네

2015. 10

엘리베이터와 멜론

나는
엘리베이터와 멜론이
어떤 연관성 있는지
도저히 찾아내지 못하니

방금 다 먹은 멜론
어쩌면 한 가닥의 근심 남길지 몰라

그 끈질기고 달콤한 실타래 같은 근심
내 잇새에 끼었네

엘리베이터가 올라가는 순간
나는 땅으로 끌려 내려오고

입가에 맴도는 파리
어렴풋이

문틈 밖에서
넝마주이 무감각한 얼굴을 보았네

2015. 12

70   나는 필히 너그러워야 해我必須寬容

욕실 소감

무수히 많은
밤
수증기 속에서 곤두박질치네

열량은 허공에 무릎 꿇었고
나는 올려다보며
그의 참회 경청했네

2015. 12

그림

한 폭의 그림
가운데는 파여서 텅 비고
캔버스 위의 짙은 회색 하늘
우수수 떨어진다
못생긴 아이는 금빛 반짝이는 책에 의해
그가 밤낮으로 일하는 땅 위에서 압사되고
누더기는
성대가 피딱지처럼 얇은 마귀가 간직하고 있다

대지 위 농부들의 호소
액자의 음영에 파묻힌다

신은
모든 것을 알고 있지

2016. 1

소리

한 사람의 몸이
모든 정서에 꽉 막혔을 때

──혹시 그것은 달빛에 산산조각이 난 먹구름
먹구름 표면에 박힌 맑은 연기일까?

──아니면 욕망에 눌려 하늘로 밀려가는 땅
땅과 공기 사이의 성숙한 검정 두루마기일까?

──그것도 아니면 끝없이 펼쳐지는 고요함
고요함 깊은 곳에서 원을 그리며 퍼져가는 파도일까?

아, 이 모두가 다 아닌 듯
왜냐하면 나는 코르크 마개의 소리를 들었지
──마치 증기기관의
고질이
자꾸 지나온 길을 뒤 돌아보지만
소생할 가망이 없는 것처럼

기어가 세찬 바람 속에서 둔하게 움직이도록 하리

검은 초원에서는 마치 시간이 응고된 듯
동족이 휘두르는 사냥 칼의 천둥소리가
관성에 따라
시간과 땅이 맞붙은 골짜기로 떨어진다

바람과 눈을 베어 떨어뜨리고
나는
살을 에는 안개 속에서
고통스럽게 울부짖는
개구리 소리를 듣는다

2016. 1. 27 광저우행 비행기에서 짓다.

지구섬·물과 기타의 시

피아노를 배우다가 중도에 그만둔
사람
병 속에 웅크린 채
유랑한다

그는 별, 해, 달과 강을 따라서
또 바람을 거슬러
지구에 왔다
——어머니가 심으신 돌

그는 이렇게 흐리멍덩하게
이 섬의 혈관을 훑었다

콸콸 흐르는 기타가
절반 잃어버린
그의 악보에
나타날 때까지

그는 기타 들고
공기 밟고 올라갔다

'나머지 악보 찾아야지'
그가 생각하니
기타도 웅웅 소리 내며 맞장구쳤다

2016. 2. 5

석양

석양이 잎사귀에 눌려 고개 숙이고
나의 숨결 따라 상하로 떠니
하늘 촌스럽게 푸르고
가락은 천편일률이네

접는 자동차
주홍색은 호시탐탐
세계를 점령하려는 야심 만연하네
꽃처럼

2016. 3

공백

어떻게 공백을 묘사해야 할까?

──광장은 먼지 무릅쓰고 먼 곳으로 달려가라는
통지를 받았다

저승사자의 숨결 봄처럼 단단하니
그는 비실비실한 햇빛 속에서
어느 쪽 공백과
미래를 이야기할까?

2016. 4

황혼에서 여명까지

황혼에서 여명까지
길은 짙은 색 상자 같고
가로등은 갈림길에 굽이치네
세계와 세계는 하나씩 오고
시간과 오후는 짝을 이루고 떠나
떠나는 것에는 늦가을의 애수도 있네
창문 조금씩 어두워지고

커피 속의 소용돌이
녹슨 말굽 쇠처럼
뻑뻑하게 덜컹거리는 소리 내며
돌고 있네

2016. 5

한 곡의 끝

이렇게
이렇게
층층이 갈라진 파도
바로 이러한데

나는 오페라하우스 밖에 서서
한 곡의 끝을 상상한다
새파란 눈길
신이 남긴 훈계
바로 이러하기에

2016. 5. 3

나는 필히 너그러워야 해我必須寬容

이사

"구름은 가족을 거느리고
산봉우리나 습지 찾아
온 세상 분주히 다니네"

──여기까지 썼을 때
창밖의 먹구름이 지저귀니

북풍 불어 핀 꽃
차가운 소란 속에서
간들간들 곧 떨어질 것 같구나

2016. 6 수업시간에

비를 기록하다

투명한 머리카락은
파란색이 하얀색으로 바랜 하늘에 드리웠다
물은
따라 흘러내렸고
수많은 빛 가운데
모든 것을 꿰뚫었다
──나무의 영혼, 땅의 향기
지구──지구의 몸뚱이!

우주는 굉음 속에서
산산조각 났다

2016. 6. 2

책상

날씨가 점점 더워지고
물 컵이 커졌다
──책상이 감당할 수 없는 무게
용솟음치는 중력
그의 눈썹 눌러 희게 했다

모기를 두둔해준 일
그는 끊임없이 후회했다

햇빛은 목을 움츠리고
책상의 가슴 가득 채웠다

2016. 7

83

4분 반의 이야기

4분 반
270초
노래 한 곡

4분 반의 이야기는
진홍색 짧은 막대기
도시의 묘지명

2016. 8

후지산

후지산 눈이 녹아서
하늘이 되고
지구 밖에서는
꽃으로도 피었네

손오공은 뭉게구름을 넘고 넘어
마침내 후지산 기슭
저 둥근 얼굴의 호수에 도착했네

2016. 8. 9

초원

산은
커다란 녹색 비닐봉지처럼
바람에 춤추네

인류는 아직 그 끝없는 터널 벗어나지 못하지만
신은
터널 입구에 서 있고

이어폰 끼고
그의 은색 옷은
헤드라이트의 회색빛을 반사하네

2016. 8. 21

서커스 관람 소감

말의 동공은
모발처럼 잿빛을 띠고
그의 고귀함은
자유의 족쇄
그의 피는
인간을 가장한 악마가 되어 흐른다

굴욕적인 굴복
분홍색 땅 핥고
여린 껍질과 살점은
어두운 밤의 눈에서 피어난다

아,
말, 말이여
고향만이 너의 슬픔이고
하늘만이
네가 달리는
거꾸로 비친 그림자

2016. 8. 30

클라이맥스

비둘기, 비둘기가 밭과 빗물을 끌어오니
하늘은 조수처럼 빛바래고
자유는 검정말을 타고
말발굽 자국 펼치며 반항하는 소리가 만연하네

2016. 9

궐기 대회를 보며

구름은 벽돌과 기와 사이로
멀어지는 우리를 응시하며

저 태양 아래의 그늘에서
지구가 도네

혈액은 관성을 따라
구름 반대 방향으로 흘러가니

나는 생각하지 않네
어쨌든 비는 아직 오지 않았으니

2016. 9. 12

사막에 관하여

나는 사막에 가본 적이 없다
하지만
과거와 미래에
나는 사막 한가운데 서 있다

비, 달빛
씻긴 모래
피어나는 우주 같으니
나는 우주 한가운데 서 있다

사막도
나를 날려버릴 수 없으리

2016. 9. 17

내려간다

내려가고
내려가며
녹슨 글자로 행복을 묘사한다
흰빛에 잠긴 운율
달은
한참 동안 기복 거치다가
잠겨져 간다

내려가고
내려가니
등이 발꿈치처럼 우뚝 솟았고
속눈썹은 경멸하듯 하늘을 내리눌러 주름지게 한다
비만은
때를 만나지 못함을 탄식하며
잠겨져 간다

나는 고개 숙여 손톱을 보며
하늘의 태양을 돌려 꽉 죄니
달팽이관이 피를 흘리며 항의한다

2016. 12

비닐봉지

비닐봉지의 숨소리가 만신창이 되니
햇빛은 역행하여 그의 몸을 관통한다
바람이 불어 펼쳐졌고
쏴아 하는 소리는
늦게 귀가하는 망토 같다

투명한 야생마는 사람들의 눈길 선도하며
빗물을 가로질러
지옥을 횡단한다

2016. 11

서곡

여인네
여인네가 밭에서 일하네
땅속 잡초의 끈질김은 상상을 초월하니
위선은 노예주처럼
회초리를 휘두르며 마지막 양심 부려먹네

2016. 12

문명

수많은
인류가 조상으로부터 이어받은 지혜
침묵하면서 인류가 자연으로부터 물려받은 땅 위에 옹
기종기 모여 있네
한 세대의 영웅이었던
덜렁쇠
철학자
혼미한 임금

인간에게 물려받은 적 없는 하늘
인간 머리 위에 매달려 있는 밧줄 같고
이른바 자유란
──정적 깨는 방귀 소리

2016. 12. 2

음모

오후
폭풍은 땅에 무릎 꿇었다
공기의 목적의식 너무 강해
하늘이 심해에 닿자
조금씩 가라앉으니
오후처럼
가볍고 그윽하고 고요했다

그것들은 무엇을 생각하고 있을까
아마도 폭죽
아니면 담배 냄새
밤이 가볍게 기침하며
피처럼 진한 진실을 토해내니
유리는 흔들거리며 잠을 이루지 못했다

2017. 1. 29

들판

짹짹

생면부지의 들판

짹짹

허수아비가 손에 여름 장미 쥐고 있고

만물이 속도 내는 마지막 깊은 가을

들판은 머뭇거리며 체류하니

하늘이 찢어지네

아스라이 이어지는 산하

이어지는 산하

짹짹

생면부지의 들판

짹짹

2017. 3

기슭

저쪽은 산도 있고 물도 있네
땅에서 나의 냄새 난다고
──많은 사람이 그렇게 생각하지

바다는 수초처럼 피곤해 보이고
사람들은 등 맞대고 밭을 갈고 있네

오렌지색 하늘
태양을 휩쓸었네

2017. 3

수업을 들을 때 또 한 번 지루함을 느꼈다

안녕, 타일
어떻게 하면 너를 더 고르게 갈라놓을 수 있을까?
난간 밖의 잎?
외할머니 집 꼬꼬댁거리는 닭?
아무래도 햇빛의 가능성이 더 크겠지

탈출 통로 표지는 모기를 유혹하고
물고기에 대한 그리움은
저 흰색의 소화전을 둘둘 감게 하니
빌딩은 미친 듯이 하늘을 향해 자라
하늘과 이어져 마침내 기타가 되었네

2017. 4

노란색 시

저 멀리 노란색 불빛이여
바다를 사이 두고 내 눈 바라보고 있네
노란 뼈대가 달빛을 펼치며
──밤의 거문고를 타고 있고
등 뒤로 노란 하늘이
어지럽게 날아다니는 돌처럼 휘리릭 지나가네

2017. 5

모래

문득 바다를 쓰고 싶었네
석양의 머리카락 끝이
만에 스치니 얼음 같아

심하게 퇴화한 울타리
빗물이 비틀거려
나는 바다의 눈썹이 모래 같다고 말했지

모래는 가볍게 웃었고
볼은 황금빛
눈초리는 안하무인이었네

2017. 6

돛

문득 딱따구리가 생각나고
저속한 세상 생각했네
갑자기 돛이 떠올라
저 멀리 밤의 빛
거리는 길어서 지구 반대편에서 에둘러서
나를 뚫고
새소리 섞인 채 포위해 왔네

나는 숨 막히는 침묵 속에서
큰소리로 외쳤고
내가 친절하게 부를 수 있는 모든 사람을 불렀지
내가 나 자신을 돛처럼 올리니
바람이 하늘거렸네

2017. 6

바탕색

어쩌면
나야말로 세계의 바탕색
전쟁, 시와 술은
가슴 앞에 하나로 연결되어 있으니
환경에 대한 묘사가 더 중요하네

침묵은 최대의 죄악

새 지저귀는 소리가 석유처럼
뿜어져 나왔네

2017. 7

기린, 바나나와 관련이 있어

대지와 비교하면
기린은
가장 짧은 직각 변

구부러진 하늘
바나나와 무언가를 꾸미고 있네

2017. 7

제3부 바닷물로 둘러싸인 곳에 서서

제3부

저명 시인 판웨이潘維:

장허의 모든 시는 세상에 대한 그의 인식과 세상과의 관계에 대해 쓰고 있다. 발상이 매우 뚜렷하고 언어 방식이 성숙하고 정통적이다. 그는 신고전 인문학의 길을 이어받았다. 열다섯 살의 나이에 이런 탁월한 재능을 지닌 것으로 보아, 그의 앞길은 더욱 창창할 것이다.

저명 문학평론가 천젠후이陳劍暉:

장허의 시는 마음과 상상에서 오는 천뢰天籟의 소리이다.

저명 시인 장페이江非:

장허의 첫 번째 시집과 비교했을 때, 두 번째 시집에 수록된 이 시들은, 이미 커다란 변화가 생겼다. 언어와 느끼는 직관은 이미 인지된 성찰과 주체성의 창의력으로 대체되었다. 이는 시인으로서의 장허가 이미 '나'와 세계의 그 언어적 관계를 자세히 살피고 포착하기 시작했으며, 동시에 회의로 확고함을 대체하고 있다는 것을 의미한다. 이것은 한 소년의 성장이며, 이러한 성장은 의심할 여지도 없이 한 시인의 두 번째에 걸친 세계에 대한 직관으로 이어질 것이다.

저명 시인 장호蔣浩

　소년의 격정과 시는 일종의 쌍둥이 관계이다. 장허는 소년의 성숙함으로 이런 천부적인 아름다운 열정을 통제한다. 그것은 별의 하늘, 바다, 나는 새 등 상징이 담긴 사물을 내재화할 뿐만 아니라, 더욱 값진 것은 그는 자신의 일상 속의 구체적이고 시시한 엘리베이터, 멜론, 작은 누각 등 보기에 전혀 시적 정취가 없는 오늘날의 도구, 식품, 주택 등에 초점을 맞춘다. 그는 그것들과 격정 사이의 원원의 관계를 발견하였는데 그것은 더욱 소중한 시라고 할 수 있다. 그런 점에서 현실 세계와 자성의 상호교육과 인증을 통해 시 발전의 유구한 역사 속에서 그가 더욱 열심히 노력하기를 기대한다.

와인과 관련이 있네

하늘이
폭우에
벌겋게 달아오른 눈동자를 띠고
세계를 불쌍히 여겨
송가를 연주하니

강렬한 위스키 향기는
와인의
감미롭고 아름다운 눈빛
덮을 수 없어

저 눈동자
가벼운 술 향기 속에서
바다로 떨어지네

아플 수도 있지
하지만 취해버렸으니
뭘 더 신경 쓰겠는가

2014. 5.29

그리움

나는 여기에서
은하수에게 맹세하고 싶다
"나는 밤바람으로 목욕하고,
더 이상 염도가 높거나 부드러운 물을 접촉하지 않겠
다"

"나는 꽃병으로
맑은 별을 하나씩 담을 것이다"

"나는
바닷바람 견디고
정어리와
육식 유혹의 습격을 참고
채식주의자 되겠다"

"나는 닻을 올릴 것이다"

2014. 12

향수

방 한 칸
등불 한 점
사람 하나

펜 들어 맑은 바람 쓰니
애수 속에 매복해 든다

하룻밤
종이 한 장
한 획

산에 앉아 달 지는 것 보니
온통 적막뿐

외로운 승려
외로운 사찰
외로운 달

가을바람에 술 마시니
밤은 걱정하지 말라 한다

2015. 5

이마가 탁 트인 비 오는 날

그것은 지구의 반대편에 있다
집은 높이 걸려있고
오락가락 이어지는 안개비
멀리 나를 사이 두고 있다
거친 뒷모습
단지 낮게 드리운 흰 구름만 보일 뿐

이 세계와 우주 사이에서
그것은 유자향처럼 흘러간다
내 생각은 잉크 없는 펜에서 끊어져 버리고
참을 수 없는 공기의 악취 속에서
책상은 살포시 실눈을 하고 있다

2015. 10

종말

초원
고속도로는 초원에 가로놓여 있네
넘어진 풀은
바람을 향해 순례하는 신도
끝없이 펼쳐진 풀과 들판
감감무소식인 풀과 들판
물은 공기로부터 배제되어
하늘에서 넘쳐흐르네

태양, 아 태양이여
그녀의 빛나는 체모

멀리서 종의 울음소리가 들리니
개미는 더는 존재하지 않네

2016. 1

도시에 관하여

나는 많은 사람이
이 늙은 도시 떠나는 것을 보았네

그들은 사막으로 걸어 들어갔지
사막은 회전하는 18세
호선 긋고
──솟아오르더니 또 떨어져
울긋불긋한 숲과
오렌지색 호수를 가로질렀지

도시를 떠난 사람, 사막을 걸어 나와
신과 독룡毒龍을 데려왔네

나는
이 늙은 도시, 이미 떠났다는 걸 알고 있네

2016. 4

또 한 편의 비에 관한 시

기념사를 써서 비를 찬양하리니
내 평생의 재능 다하여
비를
방울방울 질감이 노출된 대지에
남기리라

비는 밤에 내리지 않고
오렌지색 오후에 내리네

그것은 하늘색 눈 속의
외로운 번개일지니

2016. 5. 2

댕그랑

댕그랑 댕그랑
황혼이 종소리 이끌고 까마귀의 눈 포위하고
댕그랑 랑
공기의 슬픔 펼치니, 마치 거꾸로 걸려있는 박쥐같아
댕그랑
분지는 이리저리 우주와 부딪치고
댕
용광로의 초읽기가 종료되니
영혼이 용암처럼 녹네
——보게나!
지각이 마침내
굳게 닫힌 섬의 입을 여네

2016. 7

아빠에 관하여

아빠에 관하여
아빠의 시에 관하여
아빠의 눈앞에
언제나 자유의 바람이 부는 것에 관하여

와인에 관하여
땅의 품에서 속눈썹 떨던 요정
완곡하게 시적 정취 끌어안는 것에 관하여

골프에 관하여
아빠와 하늘에 관하여
아빠의 손에 자유분방한 초원이 있는 것에 관하여

안경과 셔츠에 관하여
문장에 푹 빠진 소탈함에 관하여

아빠와 바다에 관하여
아빠의 가슴 속 파도 소리가 우렁참에 관하여

<

세계에 관하여

이 세상에서

나를 가장 사랑하는 남자에 관하여

광명에 대한 가정

햇빛이 접촉 불량 형광등처럼
몇 번 깜박거리다가 또 꺼지고
기름진 블랙은 미처 날뛰는 제초기
회전할 때마다 새파란 풀의 현 끊어버리고
산이 와르르하고 무너지니
회색의 개미들이 우르르 몰려와
산꼭대기의 태양을 둘러싸고 무례한 가설을 하네

낯선 문자가 거대한 짐승처럼 달려올 때까지
대지, 이 백발이 성성한 노부인이 마침내 눈을 감고

바로 이어지는 것은
해커가 좋아하는 어둠

그것은 이 세계를
광명으로 인도하네

사계절과 태양에 관하여

(1) 사계절 신의 탄생

태양은 아직
차바퀴의 총총한 걸음 속에서
깨어나지 못했다
빛은
저 노른자위 같은 태양의 평원에서 사라지고
구름은
드럼 스틱이다

(2) 봄

풀은
봄 시의 제목이다

봄은
바다, 그 평온한 노인의

암초로 만든
주머니에 소장되어 있다

(3) 여름

또 비
비는 아직 내리고 싶어 하지 않는다
바늘방석같이
몰려오는 것은 여름이다

어망에는
어부의 아내가 목이 빠지게 기다리던 소라가 걸려있다

미역은
저녁노을에 흔들거리고

태양은 물을 뚝뚝 떨어뜨리고 있다

⑷ 가을

불은 새로운 신의 사자
늙고, 위선적이다

그는 백성들의 생존에 필요한 공기를
마음껏 태우고 있다

단풍 두르고 있는 에르메스 표범
늙은 신의 등나무 의자 뒤에 서서

허세 부리며 경서를 낭독하고 있다

금테 안경
강과 산으로
짜인 그물 속에서
빠져나갔다

(5) 겨울

신의 어깨에서
피가 흐르고 있다
겨울은 음표 묶은 죄인
눈송이는 공중에서 떨어진다

저 사슴은
온 도시의 술을 마시고

술은
사슴의 뱃속에서
하얀 이야기로 자라났다

(6) 태양은 사계절이 없는 땅에 떨어지지 않는다

벽난로가 타

흰 꽃 핀 묘비가 되었다

새는 풀, 소라, 단풍잎과 눈꽃을 가져왔다

늙은 신
남쪽에서 북쪽으로 방향 바꾸고
세상 유랑하기 전에
마지막으로
봄과 겨울을 잇는
나무다리를 한번 보았다

나무다리 위에는
세계의 과거와 미래의 유골함이 지나갔다

태양은
사계절이 없는 땅에 떨어지지 않는다

2016. 9. 17

2017

그리고는
알코올이 과다한 도시
그리고는
산소가 가득한 하늘
그리고는
바다처럼 전진하는 육지

그리고는
시간의 배후에
너의 눈이 반짝인다
어두운 밤은 빙빙 돌고
파란 별은 하나둘씩
가벼운 구름 뒤에 숨는다

물론
겨울의 태양은 그렇게 단순하지 않다
기타에는 비파의
거친 향내가 섞여 있다

물론

2017은

아주 귀엽고

섬세하다

2017 춘절

한밤중에 아빠와 시를 읽다

내 목소리는 불쌍할 정도로 작아
아빠 말씀 속에서만 메아리가 들렸다
스탠드는 시선 늘어뜨렸다

시는 읽힐 때 어떤 생각을 할까?
──오늘 아침에 방문했던 참새
한밤중에 배회하는 바다
원숭이 앞에서 우리는 어떤 존재인가?

──이 외에
──모든 것이 더없이 조용했다

다행히 여기 두 명 있고
커튼은 밤을 질질 끌고 있었다

2017. 2

그날

술고래는 자신의 술버릇에 대해
변명하고 있다
잠긴 서랍, 열려 있는 방문
괘씸한 욕망 앞에, 식탁 위의 식사는
담배 냄새처럼 무너질 듯 흔들거렸다
태양은 내려오는 눈썹을 억제할 수 없어
빗방울을 떨어뜨렸다
바다는 깨진 거울 같고
암초는 그 오후에 울린 천둥소리
불빛 아래에서 나방이 노래 부르고 있다
소녀는 마지막 성냥을 긋고
길가의
LED등은 그녀의 손을 빌려 몸을 녹였다

먼지는 형광등에서 빛을 발산하고 있고, 수천만 명
음모를 꾀하고 있는 무법자들
시내버스가 이 비어있는 겨울을 지나가니
기류는 소녀 앞에 있는 동화를 불었다

멀리 하늘은 점점 밝아졌고
태양은 그 새빨간 아침이
시간을 잠그는
구리 자물쇠이다

2017. 2. 9

옛날

추위는 얼굴에 복사꽃의
무더위 향기 머금고 있고
사계절은 매번 후회 속에
왔다 또 갔다
오직 이 땅만이
심장처럼 박치기하며, 소멸되지 않는다

구름과 구름은 압운이 되지 않으니
문자는 어지럽게 변혁을 요구하고
나무껍질의 무지에 대해
그것들을 몰아서 가난을 경작하게 한다

물은
가려워서 참기 어렵다

2017. 3

하이커우海口의 새벽

딩동 (밤은 들끓고, 위아래로 흔들거린다)
딩 (하늘은 껍데기가 깨진 달걀 같다)
딩 (한 줄기 빛이 주저함을 잘라내고, 강림했다)

동 (바닷물이 해안의 문을 두드렸다)
동 (하이커우의 심장 박동)
딩딩동 (나무는 새로 염색했다)
딩동 (야자의 얼굴은 단단하다)

새벽은 말하지 않는다
닭 날개의
파닥이는 메아리 소리 들린다
세기대교世紀大橋는 날씨 보고 수염 깎는다

"옛 거리로 갑시다"

"딩"
나는 창밖의 그 부겐빌레아 숲을 두드려 깨웠다

2017. 4. 6

131

바닷물로 둘러싸인 곳에 서서

나는 바닷물로 둘러싸인 곳에 서서
일광욕으로 마침내 내가 원하는 모습이 되었다

야자수의 미래와 바닷새는
운 좋게 겹쳐있어
그 줄기는
바닷새를 시원하게 지켜준다

바람은 푸른 뱀처럼
바다에 급소가 찔려
조용히 항구에 엎드렸다

공기 한입 불어서
칼날처럼 맑은 하늘 펼쳤다

2017. 4. 6

독특함에 관하여

도대체 무슨 힘이
각각의 시를 서로 다르게 했는지를
생각했다

추진력은 파란 하늘에서 기인하고
그것은 육지와 바다를 손바닥 뒤집듯이 쉽게 식별하게
한다
언어의 결핍은 강철 두뇌 같다
──체면을 중시하는 회색 비둘기
그러나 사랑, 정의와
공백에 관해서는
낡아서 허리띠만 남은
바지처럼
불쌍하리만치 부족하다
토끼 이리저리 뛰고
숲속 분위기는 이전과 달랐다

2017. 5

엄마와 나

저녁노을 급작스럽게
하늘가에서 몰려와
장차 내릴 비 모두 태웠네요

점차 변하는 마음, 점점 부드러워지는 바다 같아요

나는 앞에서 힐끔힐끔 뒤 돌아보며 걸었고
엄마는 뒤에서 천천히 따라와요

어둠이 잠들고 별이 소리 내는 걸 잊을 때까지

태양이 근심 높이 들고 차 바퀴 따라 멀어지고

뜻밖의 요리 향기 흩어지니
변함없이 부드럽고 따뜻한 당신 마음 같아요

2017. 8

비는 아직 내리고 있지만
― 뤄푸선생1)에게

비는 아직 내리고 있지만
해는 영원히 지지 않습니다

검은색에서 탄생한 태양이
폭발해서 나온 흰색
──망각은 파편처럼
공기 베어 상처를 냅니다

숲은 정시에 밝았고
그 녹색 빛은 바위가 만개하도록 인도했으니
뿌리 없는 표목2)에 서서
나그네는 모자 벗고 폐허에 경의를 표했습니다

비는 아직 내리고 있지만
해는 영원히 지지 않습니다

2017. 8. 26

1) 뤄푸(洛夫1928~2018), 대만 작가이자, 캐나다 화문작가로 저명한 시인이다.
2)「표목漂木」은 뤄푸의 대표시이다.

135

제4부 장마가 계속되는 날씨, 내가 모르는 것들

제4부

저명시인 옌시雁西:

맑은 마음에 순진함과 아름다움이 흐른다. 장허는 평범함을 뛰어넘는 상상과 어감으로 한 소년이 세계를 바라보는 시선을 담아 천재적인 소년의 재능과 햇살 같은 소년의 품격을 구현했다.

저명시인, 시 평론가 샤한夏汉:

나를 놀라게 한 것은 15살 소년의 시 속에 이미 지성적인 깨달음을 가지고 있었다는 점이다. 이것은 또래 아이들에게서 보기 드문 일이다. "설령 솟구치는 바닷물의 물보라가 절벽을 뚫지 못해도" "잎은 아파서 허리를 굽힐 정도였다"라는 구절과 한 번의 추리의 제목의 취지는 거의 시적 성숙함에 가까웠다. 그래서 90년대 이후 출생한 시인에 대한 나의 연구 경험으로 미루어 봤을 때, 2000년대 이후 출생한 장허는 반드시 기대할 수 있을 것이다.

저명 평론가 왕웨이핑王衛峰:

여기서 나는 언어의 장악과 사용이 얼마나 중요한가에 대해 감개무량하다. 이것들이 시를 시작하게 했고, 그리고 완성하게 했다. 이 점에서 우리는 이 젊은 시인을 반드시 칭찬해야 한다.

작가이자 **CCTV** 중국 사자성어 대회 우승자, 중국 시 사대회 준우승자 평민彭敬:

대부분의 천재 소년들이 우리에게 주는 경이로움은 "와우, 그가 이 나이에 이런 시를 썼다니!"이다. 그러나 나이가 들어감에 따라 그들은 보통 같은 또래의 글쓴이들 사이에서 점차 사라지거나, 또는 평범한 사람이 되거나, 또는 붓을 놓고 직업을 바꾼다. 장허의 이 시집을 읽고 나를 놀라게 한 것은 그의 예술적 조숙함이 아니라 그의 시적 바탕과 텍스트 구조 속에 나타나는 넓고 웅장함과 나아가 위대한 발전 가능성을 보았다는 점이다. 나는 이 소년은 이전의 천재 소년과는 달리 그의 미래는 더욱 멀리 발전하고, 희망찬 기대를 안겨주리라 믿는다. 그가 무궁한 잠재력으로 오늘날의 눈부신 이력을 발판으로 삼아, 미래에는 더욱 끊임없는 노력을 이어가길 바란다.

군사 훈련 때, 판웨이1)의 '그 머나먼 북쪽'을 생각하다

군사 훈련 때
햇볕은 쟁기
우리는 밀

군사 훈련 때, 나는 판웨이를 생각하고
그의 머나먼 북쪽을 생각하며
검은 단추로 축소된 그 마을을 보았다

군사 훈련 때, 나는
남쪽 지방에는 하얀 눈
또는 한 줄기 컬러비가 내리길 갈망했다

2019. 9. 2

---

1) 판웨이(潘維 1964–), 중국 시인이다. 「그 머나먼 북쪽」은 그의 시 제목이다.

밤중에 공기를 깨우는 비

4월이다

햇빛은 또 내 침대 위에 저장되어

밤에 깨어있는 모든 사물을 뜨겁게 태우고 있다

4월 어느 날 아침의 비는

검은색 스모그의 엄호 아래

공기와

나를 깨웠다

하지만 나는

빗속에 젖은 옷

생각할 기회가 없었다

어쩌면 봄은 이렇게 나를 스쳐 지나갔는지도 모른다

2015. 4. 11

먼 곳 또는 그 북쪽

허무맹랑한 먼 곳
또는 그 북쪽의 모호한 어둠이
궁금하다

암흑의 그 북쪽은
외로운 섬의 별빛도 미치지 못하는
광대하고 낯선 북쪽
북쪽의 낯선 기사는
내가 꿈속에서 도저히 이해하지 못했던 모든 강을
횡단하고 있다

나는 모든 씨앗
모든 세계의 새싹과
시간에 발효된 모든 이야기를 갈망한다

하지만 정면 향해 덮친 폭풍은
나의 모든 상처를 드러내 버렸다

2015. 7

프랑스의 음모

나의 항공편이 착륙하는 순간부터
직감은

누군가 내 마음을 몰래 음모하고 있다고 알려주었다
그는 포도 덩굴의 환상으로
조금씩 조금씩
음모를 실행했다

──내 마음이 너무 많이 잠식되어

내가 떠날 때
영혼은 몸부림치고 있었다──

지치고 흥분된 몸을 뚫고
저 머나먼 땅의──

한 무더기의 희고 검은
조약돌에 남겨 놓았다

2015. 8

프랑스 니스에서 해와 달이 함께 만나는 날을 기록하다

맑은 날씨, 먹물처럼 걸쭉한 달
한밤중, 거문고 줄처럼 부드러운 태양

프랑스식 오락 프로그램
2명의 최고 권위를 지닌 심사위원

노을 읊는 예술인은
사방팔방에서 달려와

기타 치며
비를 맞았다

2015. 8

블랙 문

나는 오직 군중 속에서만
내 그림자를 감추고
나에게 속한 적이 없는 소란 속에서 떼어놓았다
블랙 문 아래에서
사람들이 웃으면서 왕래하는 것을 보고 있었다

그들은 혀를 움츠리며 축복의 말을 했고
눈알은 노르스름한 눈 주위에서 빙글빙글 돌았고
눈송이는 그들의 콧대에 미친 듯이 부딪쳤다

은백색의 하늘은 온통 불꽃이었다

아레스는 가볍게 갑옷을 벗고
자신의 피와 살에 기대였고
어릿광대의 기대 속에서
그의 내달리는 모습은 꿈틀거리고 망설였다
노년이었지만 격렬하여
녹이 슨 미늘창은

구간 구간 망가졌다

그는 더는 전쟁의 신이 아니었으니

환상 같은 구름 아래에서 그 꽃에 대하여 참회하고 있
었다

2015. 11

나는 필히 너그러워야 해

나는 필히 너그러워야 해
나는──필히 너그러워야 한다!
설령 세찬 파도의 물보라가 절벽──벽 위의
성루에 튀지 않더라도,
성벽은
불후의 손끝으로
기억하리니

떠받든 것이 파란 하늘일 수도, 아닐 수도
또는 영원히 가라앉지 않을 육지일 수도 있지만

나는 모든 사람이
공기의 점 속에 있는 걸 보았다
색의 짙고 옅음
녹아버린
빛의 크기

잎은 허리 굽혀질 때까지 아팠고

두드러진 혈관
구불구불
──마치 칼 들고
미소짓는 협객처럼

그의 한 오리 마지막 바람 속에서
점으로
널리 퍼졌다

2016. 2

그 후

바람은 언덕에서 아첨하며 불어 대고
비는
구름 위에 떨어지는데
달빛은
아직 내려오려 하지 않았다

행인은 그 나무 옆을 지나며
눈빛은 어렴풋이 중과세로부터 도망치는 이유를 찾고 있었다
언덕의 뒷면
강철의 검은 실루엣이
그윽한 등불 속에서
휙 지나갔다
별은 행인을
나무 아래 불러 세워놓고
"지구의 다른 면을 자세히 느껴봐요" 하고 말했다
"그것은 나무의 어쩔 수 없는 뿌리예요"
"단단한 흙 위에서
바위의 이 악취 나는 파도를 가르는 큰 돛대 느껴봐요

조심스럽게 솟구치는 저 뱃머리의 별빛과
곡식, 누런 식물이 흙 언덕에 넘어지니
그것은
낡은 것을 자르는 낫이오"

나무는 외로이
세계의 반대편에 있었다
파도는 그의 앞에서 갈라졌고
비는 나무 주위를 맴돌며 내렸다
장대비가 펼쳐졌는데
마치 회색 우산의 지붕 같았다
행인과 나무
이 터무니없는 꿈속의 외딴 섬
나뭇가지에 흔들리는 푸른 잎은
행인의 고난을 수식하고 있었다
적막은 돛대의 술과 같아
수천수만의 선원들은 얼어 갈라진 언덕의 밑바닥에 서서
검은 모자를 벗었다

두 손 높이 들고 낮게 읊조리니
힘찬 노랫소리에
바다는 허리 굽혀 닻을 뽑았다

썩은 하늘 아래
행인과 나무는
어쩌면 폭풍 향해 나아가는 큰 배 위에
하나밖에 없는 광명일 것이다

2016. 2

억측

내 살며시 어루만져 주리
길처럼 갈라진 너의 흉터
산비탈의 팔 구부러진 곳
층층이 난 수은의 광택
땅이 세워졌는데
—— 기울어져
연분홍색 하늘에 삽입되어
톱니바퀴처럼
산등성이와 맞물려
하늘에서 날아 떨어졌네
총알처럼 빙빙 돌며
고속으로 자갈을 쏟아 내렸네
——모든 것
주저할 것 없어
너는 어둠 속으로 뛰어들었지

2016. 3. 31

어느 수구자의 시간

수구적인 귀족
염소수염에서 피가 뚝뚝 떨어지고
새까만 원형 중절모자는
액자에서 돌고 있었네
──호수에 비치는 음영

그는 눈을 뜨고
몸을 집 밖으로 이동하고
상상의 햇빛 아래에서
광합성을 했네
사상이 겨우 목숨을 부지하고
한 걸음 한 걸음씩 껍질을 떨어뜨리니
바닷물이 그를 삼키는
마지막 순간
마침내 꿈에서 들판을 보았네
꼬리가 부러진 들판
한밤중에 나뭇가지 위에 귀뚜라미가 있는 들판을

(2)

소달구지

땅의 요정 남아 있는 동굴

뭉개며 지나가고

——하늘을 향해 입을 열고 있는

들판에서 바스락거림을 용납하는 나뭇잎

씨앗은 봄으로 성장하고

여름철 천둥이 치는

수레바퀴 아래에서

싹을 틔웠네

가을은 나뭇가지처럼

구부정하게 귀족의 꿈을 내미니

비가 내리기 시작하고

귀족이 짜고 건조한 바다 위에 반드시 누우니

물방울은 구름을 일으키고

태양은 파도를 치며

산은 그의 몸을 한 가닥 한 가닥씩 감쌌네

하늘은

겨울꽃 한 송이

2016. 5. 3

오직 뭇별만이

구부러진 하늘이
접혀져 흐르는 장미 되니
태양 아래 잠언은 유유히 돌고 있고
붉게 타오른 구름은 날아가는 새의 돛대
그는 우울하게 남에서 북쪽으로 얼굴을 돌리네

동방의 빛, 지구의 영혼 가로질러
뜨거운 쇠우리를 흘러내리네

노인은 성대를 떨고――

오직 뭇별만이
이 세계의 배경이 될 자격이 있노니

2016. 6

정신보다 가벼운 것

정신보다 가벼운 것은
모두 상승할 것이다

색깔──파란색 또는 회색
상승하지 않을 것이고
사상에 대한 물의 부력
상승하지 않을 것이며

근시, 장님
땅, 신사
상승하지 않을 것이다

와인──오, 와인은
공기보다 훨씬 무겁지만
정신보다
조금 가볍다

2016. 6. 9

문자 인생

나는 스크린 밖에 서서
한 줄 한 줄 연락처의 이름들
──굵은 고딕체
어감을 강조하며 슬라이딩의 무미건조함을 호소하니
이름 아래 회색 가는 글씨의 문자 줄임 내용
맨 위쪽──1000편 문장의 제1편에서
제990편까지 변화했다

──990행의 시
──990줄의 여행

나머지 10편 중
9편은 그들의 인생이고
마지막 1편은 나에게 감명을 주었다

나는 손가락을 움직여
금속의 빛이 반짝이는
윤회를
완성했다

2016. 7. 10

장마가 계속되는 날씨, 내가 모르는 것들

헤드라이트는

비뚤비뚤

비뚤비뚤 내리는 빗속에서

원을 그리며 활짝 피어나고 있다

하늘이 피었고

추위가 피었으며

세계는 마치 비 내리는 밤 그 비뚤비뚤한 것처럼

사방으로 넘쳐났다

자동차 바퀴는 튀어 오르는 물방울 짓밟고

저온은

공기 한 오리 한 오리씩 쪼개며

네온사인 빛

잡아당겨 진흙으로 회귀시켰다

창밖의 길게 늘어선 차들

비뚤비뚤

비뚤비뚤한 밝은 빛 속에서

원을 그리며 활짝 피었다

꿈이 피고
번개가 피니
우주는 예상치 못한 그 비뚤비뚤한 물건처럼
사방으로 넘쳐났다

나는 차 안에서 일상적인 이야기를 했다
허풍치고, 추워서 벌벌 떤다는 걸
나는 알고 있었다

2016. 8

한 번의 추리

잎의 노랑과 초록
예사롭지 않고
──기이하구나!
흙이 입을 꼭 다물고 있는 것은
무엇을 감추기 위함인가?

태양의 밝은 빛은
분명 속임수이고
달의 지문이 의심스럽다

새가 나뭇가지에서 노래하니
──설마 목적달성 이후의 기쁨일까?

봄, 봄
봄은 분명 사람들이 모르는 걸 숨겼을 터

──드디어 나는 보았다
추위가 세계를 향해
자신의 결별을 팔고 있는 것을

2016. 8. 21

1년

1년은
기타 메고
세상 떠돌아다니는
시인
그는 길을 잃고
우주 밖의 저 큰 배에서
이 작은 길로 왔다

길은 네 구간이 있었으니
첫 번째 구간의 이름은 봄
시인은 이곳을 지나갔다
기타 뒷면에는

"여기의 풀과
분만 중인 이 하늘
오,
여기에 온 적이 있고
이 시냇물을 본 적이 있네

여기의 음표"라고 새겼다

그는 계속 걸어서
길의 두 번째 구간에 도착했는데
이름은 여름이었다
시인이 길 양쪽 녹색의 온천을 보니
온천 입구에 검은 새 한 마리가 날아갔다
새가 지나간 곳에는
하늘을 찌를 듯 큰 나무가 자라났다

시인은 종이와 펜을 꺼내서
기타 줄을 흔들며
경쾌한 송가
한 수를 썼다

시인은 부지불식간에
길의 세 번째 구간까지 도착했는데
이름은 가을이었다

태양처럼 타오르는 단풍은
도로에 가득 깔렸다
시인은 단풍 하나를 주어서
정면에

"이런 것이 가을이다
가을은
내가 걸어온 길에 열매가 떨어지는 계절
내성적인 파수꾼
가을이 활짝 필 무렵에
나는 떠날 것이다"

시인은 길의
마지막 구간에 도착했는데
이 길의 이름은 겨울이었다

"겨울은 큰 배가 귀항할 때이다
눈꽃을 달고

별은 강아지처럼

얼어붙은 은하수 밟고

큰 배 따라 원점으로 돌아온다"

시인은 생각하면서

기타를 벗어

가볍게 연주하고

우주 밖의 저 큰 배를 추억하며

꽃 한 송이 노래를 불렀다

하얀 계단이 위로 향해 있다

노랫소리 바람에 흩어졌고

검은 새 초원을 날아갔다

그 꽃은

또 피어 봄이 되었다

2016. 8. 24

또 사계절 만나다

봄

새파란 나팔 사이로
봄은 기어서 전진하니
녹색의 바람은
늙은 추위를 감싼다

여름

태양이
구름의 속박에서 벗어나니
세계는 뜨거운 화살에 명중됐고
연꽃은 한쪽 귀퉁이에서 피었다

가을

황금빛 우수는
물처럼 떠 있고

사람의 심금을 울리는 시는
잘 익은 과일을 칭송한다

겨울

눈은 겨울의 옷자락
하늘의 이마에서 춤을 추고
드문드문 떠도는 구름
외로움에 대한 떠돌이의 외침에
화답한다

거인은 사계절의
끝없는 적막함을
떠받들고 있다

2016. 8. 26

달을 그리워하다

천둥

더 이상 좋은 술이 넘치도록 소나기를 축하하지 않네

오로지 기나긴 스모그만이

아쉬운 듯 바람결에 춤추고

우울한 바다

형체가 없는 예리한 무기처럼

아득한 별빛 속에서

쿵 하고 우주를 갈라놓으니

핑크빛 개울

숲속의 높은 탑에서 쏟아져 내리네

하늘가의 눈먼 거인

심장의 마지막 한 방울의 단단한 피를 다해

손을 하늘로 뻗어

어둠과 다시 만나기 전에

더듬으며 빛을 잡네

2016. 9. 17

비 내리는 밤·무림의 옛일

나는 거미줄이 감긴 공기를
정신없이 빨며
미친 듯이
두 개의 토네이도처럼
콧속을 휩쓸게 한다

점막이 '찌찍' 소리를 내며 갈라지니
코피가 줄줄 흘러
굽이굽이
빗방울의 향기 되어 모인다

나는 한기로 반짝이는 눈물이
어두운 밤의 갈비뼈에서 출몰하면서
하늘의 피와 살을 엮고 있는 것을 본다

누가 내가 전장에서 싸우는 것을 가로막을 수 있을까?
취기에 몽롱한 눈으로
온 산천에 가득한 등불을 가리키며
하늘을 우러러 길게 웃는다

2016. 9. 17

틈을 타서

날이 새기 전에
도시가 눈을 뜨기 전에
햇빛이 소리를 지르며 가볍게 떨어지기 전에
거리가 아직 그렇게 엉망이 되기 전에

그럼
등불 빌어 밥을 먹자꾸나
나는 내가 잘하지 못하는 피아노를 연주하거나
아니면 내가 곧 배우려는 기타를 칠 수 있으니
이 세계가 내게 달려오기 전에
난 우주의 가죽 주머니를 걸치고 도망치리라
나의 유일한 소유인 시를 가지고

홍수가 자유를 갈망하기 전에
태풍이 가무를 갈망하기 전에
지진이 비틀거리기 전에
불꽃이 내 옷자락을 갈망하기 전에

나는

이렇게 고삐 풀린 하늘로 달려가서

흩어진 구름을 통렬하게 공격하리라

내 어설픈 영어로

깜깜부지인 불어로

아직 외로운 연못을 여전히 필요로 할 때

이 쓰레기들과 나약한 연설가들을 호되게 꾸짖으리라

나는 번개를 갈구하고 천둥을 갈구하노니!

내가 아직 중국어를 사랑할 때

세계가 아직 평화를 유지할 때

뭇별이 아직 빛날 때

2016. 9. 17

171

귀족

빛이 빙빙 돌고 있지
우리는 알고 있네
우리도 모르고 있네

저 모닥불 같은 빛이여
나는 그것을 갈구하지만
아내가 나를 잡아당기네

떠나지 마시게!

빛의 곁을
우리는 알고 있네
그러나 우리는 알고 싶어 하지 않지

빛이 정말 눈부시네
내 것 혹은 내 것이 아닌 땅!
음영 안의 것이 진정한 재산이니
성루의 그림자는 토지에 녹아 있네

지하 감옥은 견고하여 파괴할 수 없네

빛은 가슴 속에 있지
우리는 알고 있네
우리는 모든 걸 다 알고 있네!

빛은 족쇄
열등감, 나약함, 그리고 망설임을 잠그니

대지의 숨결, 자유분방하고 뜨겁네

2016. 9

고향

나는 잊지 않으리
이 도시의 뒷모습은
——침묵
아직 전기가 들어오지 않은 곳은 암흑이 빛나고
전기가 통한 곳은 거리낌 없이 달빛을 도용하고 있네
——우매한 브라운관은 자유를 좇지만
그들, 그것들은
잡초의 빛을 가릴 줄 모르니
대지가 오르락내리락 등나무 의자를 받쳐 들고 있는
오후
이 도시를 묘사할 만한 악기는 없으니
그것은 바로 솟구치는 파도

불빛이 미치지 않는 밤에 서서
수많은 생물이 파도를 모방하며 노래를 부르네
나는 그들 중의 일원은 아니지만
나뭇잎 아래 서 있고, 내 펜을 가지고 있네

하지만 여름의 땀 아래 서 있고, 내 펜을 가지고 있네
——이처럼 종래 이 도시의 강인함에 자부심을 가진
적이 없으니
그것은 끝없이 먼 푸른 망망대해에서
무지의 구름 속으로 몰려가고
고래가 코를 흔드니
땅은 고향 사투리처럼 생동감 있네

2016. 10. 2

다락방과 아침

목이 피곤하구나

복도는 사마귀를 삼키고 있는 참새처럼

한때 담배꽁초 한 대가 타고 있었지

화이트와 화이트는

연대하여 시가를 끊었네

붉은색은

멈출 수 없는 눈물

그리고 블랙은

기이할 정도로 즐거워하고

오렌지색은 막막하며

녹색

녹색은 이미 퇴폐해버렸고

수줍은 배는 술기운을 과장하네

<

파란색은 창문에 달라붙었고

강철은 엉망진창으로 위선적이네

다락방의 종소리는 아직 완벽하게 닫히지 않아

소금처럼 짭짤한 금빛이 휘몰아쳐 나오니

태양의 눈이

꽃처럼 피었구나

2016. 12

177

무제

나는

그, 그녀, 그것이 요구한 사람이 될 것을 약속하고 싶은데

산이 안된다고 말했다

강이 안된다고 말했다

하늘이 안된다고 말했다

땅이 안된다고 말했다

바람은

아니라고 말했다

그럼……무엇을 약속해야 할까?

등불은 무섭게 가식적이고

촉각——이처럼 믿을 수 없는 것이

깊은 바다에서 솟아오르네

봄의 등은 영원히 구부러지지 않으니

나는 아직도 여름 눈썹과 눈을 기억하네

——그 밤과 바다는

여전히 가을과 겨울 사이를 다니고

태양은 소란하기 그지없고
은하수는 현을 만들며
영원히 적막함을 참지 못하네

2017. 1

더 깊은 곳

나는 더 깊은 곳에 있고
두꺼비는 하늘을 쳐다보네
──그 모습은 얼린 딱딱한 젤리
더 깊은 곳으로 가서
위로 향하면

담배 연기 소용돌이치며 날아가고
바다는 거꾸로 엎어 놓은 돛단배
알지 못할 성씨

나는 육지에서
또 하늘로 떨어지고
포도, 무너진 울타리
그것의 성숙함은 어디서 본 것 같네

2017. 2. 6

자유

이렇게 내가
간담이 서늘해지는 것을 면키 어려우니
가식과 불공평함이 개탄스럽다

방금 발굽을 들어 올린 말은
형편없이 나뒹굴며 넘어지고

배낭을 메고 있는 나는
이 정체불명의 자유를
마지못해 받아들인다

2017. 3. 20 시험 후에 짓다.

그밖에

여기서 나는
부서진 기와를 보았네
부서진 집——동공 부분이 갈라지고
가난은 축축한 땅에서 신음하네

등불은 거친 숨을 헐떡이며
야금야금 밤으로 올라오고

길은 제 역할을 다하여 평탄하네
하늘은 펼쳐진 구름을 쥐어짜니
내 손은 추위를 쥔 채 팽창하고
뜨거운 양심의 가책이 내 가슴으로부터
쌩 소리를 내며 지나가네

2017. 4

만찬 시간

대머리
운무처럼 희미한 불빛
확고한 뒷북치기

내가 의자 한 쌍과 마주 앉으니
무료함이 별처럼 터지네

──호수 주변 유니콘의
발자국은 숲속에서 길 잃은 마음 같고

어두워진 태양은 쾅 하고 식탁을 부서뜨리네
망설이던 욱신거림은
수많은 찬미 속에서
날아올라 신선이 되었네

2017. 5

여행길

수학 선생님, 국어 선생님이
승합차 몰고 있는데
공식公式, 루쉰魯迅과 소동파蘇東坡 선생을 싣고 있네

부릉부릉
추위가 성벽의 숨통 조이는 곳으로 달려가니
배기가스는 멀리까지 날아가고

'지호자야之乎者也'가 스모그처럼
태양을 내리누르네

2017. 6

정신보다 가벼운 것은 모두 상승할 것이다

장칭화張淸華(북경사범대학 교수)

대략 1년 전쯤, 한여름에 나는 시인 리사오쥔李少君 형님을 따라 한 행사에 참석했다. 거기에서 나는 하이난海南에서 온 린린林琳형님을 알게 되었고, 그가 바로 시인 위안안遠岸이었다. 그는 한창 성장 중인 마른 소년을 나에게 소개하며 마침 아들을 데리고 베이징을 경유하는 김에 데리고 왔다고 했다. 나는 열서너 살 먹은 이 소년을 주의 깊게 살펴보았다. 소년은 그 나이에 보기 드문 조용함과 예의범절을 지니고 있었다. 그는 줄곧 우리의 대화를 조용히 귀담아듣고 있었다. 비록 그 대화가 시에 관한 따분한 내용임에도 불구하고 그는 그 어떤 불편함이나 초조함을 보여주지 않았다. 나는 참다못해 아이의 기분을 좀 배려해서 다른 것에 관해 이야기하자고 시인들에게 암시를 주었다. 그런데 뜻밖에도 위안안 형님이 이 아이도 시를 쓰니 우리의 대화에 반감을 갖지 않을 것이라고 신이

185

나서 말했다.

　나는 처음에는 마음에 담아두지 않았다. 그리고 이 나이의 적지 않은 아이들이 글짓기에 섭렵한다는 것도 알고 있었는데, 학부모들 역시 한 수 떠서 자연스레 특기로 삼고자 했다. 하지만 상당수 아이가 쓴 내용은 어처구니없는 것들이었다. 그렇다고 다른 사람의 아이가 소질이 없다고 말할 수는 없었다. 다만 그들의 글짓기가 "시에 근사한" 것으로 대개 기분과 수사 게임의 혼합물에 불과했다. 초기에는 열정이 있지만, 나중에는 점점 열정이 사라졌다. 주변에 이런 예가 비일비재했다. 그러나 린장허라는 이 소년의 시를 열심히 훑어보았을 때, 나는 자신도 모르게 그의 구절에 마음이 끌리게 되었다.

　흙이 입을 꼭 다물고 있는 것은 무엇을 감추기 위함인가?

　"태양의 밝은 빛은/분명 속임수다/달의 지문이 의심스럽다." "새가 나뭇가지에서 노래하니/──설마 목적달성 이후의 기쁨일까?"…… 이 「한 번의 추리」라는 시 속에서 나는 정확하고 기이한 시적 정취와 상상을 읽었다. 이 시는 소년의 기이한 생각, 이 세상에 대한 어떤 의구심과 기대와 판단을 아주 적절하게 결합해냈다. 장허의 글짓기 능력은 내 평소의 판단보다 훨씬 뛰어났고, 그를 무시하는 사람들의 마음을 부끄럽게 하는 그런 힘을 느끼게 했다.

　이렇게 우회하는 이유는 시문의 구조에 대한 나의 이해에

기초하고 있다. 초보적인 글쓰기에서 사람의 역할은 텍스트에서 차지하는 비중이 사실 높지 않고, 반면 단어 자체의 역할인 낯설게 하기를 통한 '강제적인 끼워 넣기'가, 행 나누기, 끊기 등 형식에 의해 파생된 '단어의 몽타주 효과'보다 오히려 더 중요하다고 생각하기 때문이다. 달리 말하면 작가가 글을 쓰는 것이 아니라 단어가 자동으로 글을 쓰고 있는 것이다. 시가에 대한 대량의 오해가 바로 여기서 비롯되었다. 어떤 통속적이고 유행에 맞게 글을 쓰는 사람들이 있는데, 그 '사람을 속이는' 비밀이 여기에 있었다. 단어의 무작위적인 조합과 수사의 게임이 더해져서 만들어진 의미의 슬라이딩과 불확실성은 사춘기의 '정서적 분비물'과 지극히 유사하여 비슷한 불확실성을 지니고 있었다. 어떤 사람들은 이것을 '시적 정취'로 착각하고 있는데, 만약 미성년자의 손에서 나온 것이라면 우리는 '청춘기의 수사적 충동'의 파생물로 볼 수 있고, 만약 성인의 손에서 나온 것이라면 우리는 경계심을 가져야 하고, 만약 전문작가의 손에서 나왔다면 그것은 단어의 눈속임에 불과하다. 한때 큰 명성을 얻었던 어떤 흥행 시인이 나중에 시단에 의해 헌신짝처럼 버려진 것은 바로 이 때문이다.

이는 우리가 소년 시를 논할 때 출발점이 되는 것이다. 그 의미인즉 '진정한 시'는 사실 나이와 상관이 없다. 랭보는 16살에 후세에 전해지는 유명작품 『오필리아』를 썼다. "창백한 오필리아여, 그대는 흰 눈처럼 아름답구나. 그렇구나. 아이여,

그대는 세차게 치솟는 강물에 운반되어 죽었었노라……" 그는 소년의 신분으로, 놀랍게도 400년 전 셰익스피어 극에 등장하는 허구의 인물인 오필리아를 '아이'라고 불렀다. 시속에 나타나는 그의 휴머니즘에 대한 이해는 시간, 지역, 역사, 인간성을 초월했고, 또 한 소년이 할 수 있는 모든 것을 초월했다. 현시대에 견줄만한 자가 없는 넓고 깊고, 노련함은 백 세를 허송세월한 모든 이들을 부끄럽게 했다. 랭보는 모든 낭만주의의 유산을 물려받은 동시에 시가에 진정한 현대적 기질을 부여하였다. 나아가 인격적으로도 현대 시인의 정신적 초상을 만들어냈다. 이는 소년의 시가가 필연적으로 '사춘기의 수사 충동'이나 '단어의 기표 과잉 게임'이 아니라 뚜렷한 사상과 확실하고 적절한 시적 정취를 가진 텍스트가 될 수 있다는 것을 보여준다.

이런 기준으로 장허를 봤을 때, 특히 그가 최근 1, 2년 사이에 쓴 작품을 보면, 그를 '진정한 시가'라는 측면에서 평가할 수 있다. 소위 진정한 시가란 확실히 주관적인 명확한 언어 지향점이 있고, 정독을 기대할 수 있는 사상과 예술의 함량이 있으며, 세밀하게 쪼개 볼 수 있는 내재된 형식과 구조가 있는 텍스트를 말한다. 이렇게 까다로운 기준으로 장허를 평가해도 그의 설 자리는 있다.

먹구름은 개혁의 나팔수
잿빛 그림자

천지 뒤덮듯 도시로 몰려들어
탁자 위의 마지막 한 줄기 빛을 삼켜버리네

    당신은 이 시구가 2015년 13살 소년의 머리에서 나온 것이라고 상상할 수 있겠는가? 이 시의 제목은 「4월 22일 먹구름을 위해 지은 시」이다. 그는 어느 날 자연계에 짙게 깔린 풍경에 대하여 뜻밖에도 이런 생각하기 어려운 묘사를 했는데, 이 시는 현실의 딱딱함과 황홀함으로 가득 차 있었다. 경물은 확실하고, 이미지는 정확하고, 집중되어 있는데, 전개하고 모으고, 발전시키고 정련하는 그의 능력은 정말 놀라웠다. "워터 스크린은 곧 이 도시를 폐쇄하고/달은 질주하는 차바퀴에 의해 회전되어 시간의 귀밑머리가 되니/죄악의 공기/또 무엇을 바라겠는가" "구원은/천사의 종속물/침묵하는 자에게는 받을 권리가 없네." 나는 이 시가 포함한 예민한 현실감 예를 들어 자연에 대한 경험, 무의식이 닿은 깊이를 포함하여 많은 기성 시인들도 달성하기 힘들다고 말하지 않을 수 없다. 그의 시는 꼼꼼한 읽기를 감당할 수 있으니, 또한 관념觀念에 의해 대충 짜인 것이 아니다. 감성과 시적 정취의 교차 속에서 저절로 끊임없이 발전하여 아름다운 경지에 이르렀다고 해도 과언이 아니다.

    게다가 이런 시구들은 그의 시집에서 찾아보기 어려운 것이 결코 아니다. 또 한 편의 시 「만리장성에게」는 더욱 간결하고 날카롭고, 인간성과 역사의 민감한 부분을 찌르고 있었다. 열네 살 아이의 말이라고는 믿기 어려운데, 독서를 많이 하지 않은 사람은 이를 수 없는 경지이다. "음모가들이/산기슭에 이르러//기어서 영웅의 유해를 통과하니/몰락한 용이/그들의 마음에서 부활하네" 이런 식견은 장성 아래 서 있는 평범한 기성세대와 영웅과 준재들을 부끄럽게 만들었다. 이런 시가의 가치는 내가 보기에 그 자체에 국한되어있는 것이 아니다. 사실 그것들이 보여주는 것은, 글쓴이의 경지이자 도량이다. 그것이 보여주는 글짓기의 에너지의 근원은, 내면의 나르시시즘이나 뉘우치고 후회하는 것이 아니라, 넓은 마음에서 기인한다. 이러한 배려는 천년 이래 중국 시가의 내재적인 요소와도 직결되어 있다. 단지 인격화되고 이미 개념화된 근심과 슬픔을 자연스럽게 일종의 현대적인 그로테스크와 회의로 승화시킨 것이다. 이러한 회의는 때로는 한 아이가 가질 수 있는 지혜의 가능성을 훨씬 뛰어넘는다.

> 상인의 노랫소리
> 너저분한 길을 찬미하고
> 문은 나무뿌리 위에서 험상궂은 표정을 지으니
> 이 땅은
> 강철의 품에서 썩고 있네

이는 그야말로 문명에 대한 추모사이다. 「그것」은 휘트먼의 「벌목꾼이 깨어나다」나 궈머뤄郭沫若의 「봉황열반」 또는 아이칭艾靑의 「태양」을 떠올리게 했고, 하이쯔海子의 귀에 익은 많은 구절을 떠올리게 했다. 이 시는 우리에게 장허가 만만찮은 시인이라는 것을 거듭 일깨워 주고 있다.

분명한 점은 '시적 정취의 확실성'은 글쓴이의 재능을 검증하고, 텍스트가 실제로 유효한지 여부를 검증하는 기본 지표가 된다. 특히 소년 글쓴이에게는 더욱 그렇다. 만약 외적인 관념이 어떤 시점에서는 '당분간' 어려운 문제들을 해결하도록 도울 수 있지만, 일상적인 경험에서 출발하여 확실한 시적 정취에 도달할 수 있다면 그것은 보통의 솜씨가 아니다. 즉 다시 말해서 위에서 언급한 시중에서 만약 확실한 사회나 정치적인 지향이 불확실한 것은 명확한 의미를 얻는 데 도움을 줄 수 있지만, 일상적인 사물과 경험에 관한 생각은 글쓴이의 능력을 더욱 검증할 수 있다. 「봄의 노래」에서 나는 장허가 봄이라는 몹시 어려운 주제를 건드리고 있다는 것에 주목했다. 지난날 열아홉 살의 건쯔狠子는 바이양뎬白洋淀 지식청년知靑 생활을 할 때, 극좌적인 시대의 광기 속에서 성인식과 같은 독립과 반역의 주제로 그가 처한 '매춘부와 같은 봄'과의 결별을 표현했다. 이는 귀머거리도 들리게 하는 대단한 작품이었는데, 장허는 이처럼 오래되고 진부한 형식에 빠지기 쉬운 주제를 어떻게 다루었을까? 그러나 그는 성공했다.

그는 먼저 매우 간결하고 도약하는 방식으로 '봄'에 포함되는 생명, 충만함, 청춘, 그리고 파종과 노동의 여러 가지 속성과 주제를 일일이 짚어내면서, 상당히 '낯선' 단어로 하나하나씩 나열하며 정리했다. "나는 잊은 적이 없다/당신의 대리석처럼 꽃이 만발한 가슴과/바다처럼 심원한 눈망울//——이것은 노력하지 않는 술고래가 만취한 이유/일하기 싫은 농부가 비문을 새기는 순간//당신은 농부들에게/육체적인 무거운 벌을 주고/이 불쌍한 사람들에게 기다림의 괴로움을 주었다" 봄의 아낌없는 선물에는 인간 세상의 아름다운 풍경도 있고, 농사짓는 고역도 있으니, 그것이 주는 고락과 애환은 모두 서로 상쇄되는 값어치가 있는 것이다. 그러나 이런 것들은 상식을 벗어나지 않는다. 정말로 독자들을 탄복하게 하는 부분은 바로 장허는 가장 핵심적인 난제인 봄에 대한 '나'의 태도를 언급했다는 점이다.

> 나는 운이 좋게도
> 젊었을 때 당신의 경쾌한 어떤 모습을 목도하여
> 당신의 독재를 찬양하기 전에
>
> 살아 있는 송장처럼
> 사계절의 교체에 침몰하는데 이르지 않을 수 있었다

이 몇 마디만으로도 우리는 이 소년을 무시할 이유가 없으니, 그는 우리 같은 속세의 성인들이 할 수 없는 말을 하고 있는 것이다. 한 개인의 봄이나 사계절과의 관계에 대한 그의 이해는 역사적으로 많은 훌륭한 시인들과 비교해도 손색이 없다. '독재', '살아 있는 송장'과 같은 단어에 대한 그의 대처는 더욱 기발한 승부수이다. 이는 오락가락 불분명한 표현이나 튀어나오는 모호한 단어로 시적 정취를 떠받치거나 얼버무린 것이 아니라 원숙한 시인처럼 급소를 찌르거나 일격으로 치명적 타격을 가하는 정확함을 지녔다.

이와 같은 예는 아직 많이 있는데, 「그림」이라는 시에서 그는 그림 같은 시골 풍경을 쓰고 있지만, 이 풍경은 단지 '구경꾼'에 국한된 것이다. 다시 말해서 구경꾼만이 이 시골을 '풍경'으로 보고 있지 소년의 눈에는 현실적이고 슬픈 모습이었다. "못생긴 아이는, 금빛 반짝이는 책에 의해/그가 밤낮으로 일하는 땅 위에서 압사되고" "대지 위 농부들의 호소/액자의 음영에 파묻힌다"

신은
모든 것을 알고 있지

이 시는 시골을 풍경으로 하는 많은 시를 전복시켜 그 글쓴이들을 부끄럽게 한다. 나는 독자로서 그의 글뿐만 아니라 그가 가진 윤리, 진정한 글쓴이가 가져야 할 자성과 연민, 이성과 양심에 진심 어린 경의를 표하고 싶다고 말하고 싶다.

그러나 나는 단지 장허의 '성숙한' 면만을 강조하고 싶지는 않다. 한 소년에게 아직 넘지 말아야 할 것들이 더 가치 있다. 시가 생명이 피는 꽃이라면 이 꽃 역시 계절의 색깔을 지니고 있고, 어떤 상상은 나이와 어울리는 것들이 있고, 오직 젊은 랭보만이 '영혼과 소통이 되는' 랭보라고 일컬어질 수 있다. 장허의 시에는 많은 기이한 상상들이 여전히 그의 나이에 걸맞은 동심과 아동의 정취를 드러내고 있었다. 「초원을 위하여」에서, 이러한 기이한 상상은 사람들에게 깊은 인상을 남겨 주었다. "시골길/너무 좁구나/산의 영혼이/몸을 옆으로 돌려/겨우 초원에 왔네" 짧은 이 몇 마디로 산지와 초원의 속성을 직관적으로 생생하게 보여주었다. "초원의 길/너무 넓구나/흰 구름 아래/오직 나무 한 그루/나무 옆에 땅딸막한 신/왼손에 구운 양 들고/셔츠 두 번째 단추 풀어 놓고 있네" 정말 '신의 한 수다.' 초원에서 양구이를 먹는 사람은 평범한 관광객일 수도 있고, 토박이 목축민일 수도 있지만, 유유히 즐거워하며 자유롭게 구애를 받지 않는 모습이 신선과도 같아 보인다. 이런 인물에 대한 묘사를 통해 장허는 초원이라는 신성한 존재에 대한 상상을 만들어냈고, 이 시는 시적인 승화를 이루어 말할 수 없는 묘미를 자아내고 있다.

아동의 정취와 동심이 장허의 시에서 얼마나 중요할까? 나는 그가 아무리 성숙하고 경험이 풍부하다고 할지라도 나이의 흔적을 감출 수 없다고 생각한다. 예를 들어 "가까운 구름은 턱을 받치고/부드러운 낚싯바늘로/땅을 낚고 있네" (「창밖」) "바람은 바다의 비늘을 잡아당기니/손을 내리고 서 있는 집은 별빛을 맞이하며 낮은 소리로 외치네" (「기사」) "햇빛은 대지를 파헤치고/물고기 투구 반짝반짝 빛나네" (「물고기」) "석양은 잎사귀에 눌려 고개 숙이니/나의 숨결 따라 상하로 떠네" (「석양」) 그 상

상의 기괴함과 생생함은 오늘날 시가 쓰기에서는 보기 드문 '이
미지로 승부하기'의 본보기라고 할 수 있는데, 한때는 몽롱시의
전유물이었던 것들이 지금은 성인의 시에서는 성립되지 않는
것처럼 보인다. 하지만 장허의 시에서 여전히 멋지고 생명력 있
는 것은, 그것들이 어린 시절의 생각과 자연스럽게 조화를 이루
고 어울렸기 때문이다.

　나는 또 「이사」라는 시 한 수를 예로 들어 그의 감성과 아동
적 정취의 천재성을 강조하고자 한다.

　　　"구름은 가족을 거느리고
　　　산봉우리나 습지 찾아
　　　온 세상 분주히 다니네"

　　　──여기까지 썼을 때
　　　창밖의 먹구름 지저귀니

　　　북풍 불어 핀 꽃
　　　차가운 소란 속에서
　　　간들간들 곧 떨어질 것 같구나

　이것은 자연이 그에게 준 영감으로, 이사와 유랑의 본능을
지닌 검은 구름 한 송이가 글쓴이 마음속의 꿈과 동경을 일
깨워 주었다. 이는 말로 표현할 수 없고 설명할 수 없지만 동
시에 은은한 우려의 동경을 담고 있는데 시인은 핍진하게 그

려냈고, 읽는 이에게 한 번 읽으면 잊을 수 없게 한다. 그리고 나는 이 시의 마지막에 특별히 남긴 "2016. 6 수업시간에"라는 낙관에 주목했다. 그것은 그가 넘지 못하는 제도적인 학업에 시달리면서도 구름처럼 떠돌아다니는 마음을 지닌 모순된 심경을 알려 주려고 한 것이었다. 나도 모르게 애절한 마음이 들었고, 우리에 갇힌 동심의 박동과 몸부림을 보는 듯했다.

이 역시 순진한 귀여움이 아닐 수 없다.

장허의 와인에 관한 시는 내가 단독으로 언급하지 않을 수 없다. 그것이 소중한 이유는 내가 보았을 때 와인이 음료수라는 사실과 무관하게 세속적인 화제 중에서 정신적인 명제로 승화시키는 그의 능력이 사람을 기쁘게 했다. "정신보다 가벼운 것은 모두 상승할 것이다……" 이 「정신보다 가벼운 것」이라는 시는 가벼운 점프 중에서 육체적 경험과 주신酒神 정신 사이에 서로 융합되면서 서로 어긋나는 명제가 나왔기 때문이다. 내가 보았을 때 장허는 어린 나이에도 불구하고 이미 주신의 묘미를 체험했는데 진짜로 보통 자질이 아닌 것 같다. 술은 그 자체로는 전혀 신성한 것이 아닐지 모르지만, 그 묘미는 주신을 불러 몸에 붙이게 할 수 있고, 마시는 사람은 이 숲속 오솔길을 지나 우화등선할 수 있기 때문이다. 그리하여 장허는 이렇게 말했다. "사상에 대한 물의 부력/상승하지 않을 것이며//근시, 장님/땅, 신사/상승하지 않을 것이다

와인——오, 와인은

공기보다 훨씬 무겁지만

정신보다

조금 가볍다

술을 만드는 포도, 땅, 보통 사람들은 상승하지 않지만, 술의 힘을 빌려 생명과 자연에서 탄생한 주신은 깨어나서 솟아올라 인간이 온갖 말로 표현할 수 없는 환각을 체험하게 한다. 이처럼 오묘한 명제를 장허가 어떻게 이렇게 가뿐하게 포착하고 통제할 수 있었는지 정말 경이롭다. 공기보다 정신이 좀 무겁지만, 문제는 술 그 자체인데, 술은 공기보다 무겁고, 정신보다 가볍기 때문에 의외로 맥락이 통하긴 하다.

장허의 시는 또 이루 다 말할 수 없는 좋은 점이 있는데, 이 나이에 이렇게 틀을 갖추고, 성숙하게 쓰는 것은 그 자신에게도 도전이 된다. 나는 그가 최근 1~2년 동안 쓴 작품이 전년보다 질적으로 향상되었다는 것에 주목했는데, 어떻게 한 걸음 더 나아갈지는 쉽지 않을 것이다. 나는 '노력'과 '각고의 노력'을 믿지 않는다. 학업성적을 올리려면 노력으로 가능할지 몰라도 좋은 시를 쓰는 데는 혜안이 더 필요하다. 지금까지 장허가 의지한 것은, 여전히 소년의 재능일 수도 있고, 가문의 좋은 유전을 이어받은 것일 수도 있다. 언어에 대한 그의 민감함과 직관은 이 시들에서 알 수 있다. 하지만 더 오래 나아가려면 무엇에 의존해야 하는가? 마땅히 몰두하는 정신과 폭넓은 독서에 있을 것이다. 오직 '소년을 넘어서야'만 그가 미래의 그 장허가 될 수 있을 것이다.

어린 시절과 소년 시절은 아름답지만, 시가의 길은 앞으로 나아갈수록 그 심원하고 어두운 면을 드러낼 수 있고, 어른과 독자로서 갈등을 겪게 될 것이다. 아이의 인생길이 평탄해지길 바라면서 동시에 그의 시 인생길이 점점 더 넓고 멀리 가길 바라며 균형 있게 잘 처리할 수 있으리라 믿는다.

'정신보다 가벼운 것은 모두 상승할 것이다' 여기에는 두 가지 명제가 포함되어 있다. 첫째는 정신은 비록 무형에서 나오지만, 무게가 있는 것이다. 그것은 최종적으로 헛되이 날아가고 사라지지 않는다. 두 번째는 정신과 비슷한 사물은 아주 많다. 그들은 처음에는 모두 가벼운 것이지만, 최종적으로는 각자의 길을 간다. 이는 장허가 술에서 얻은 계시이다. 하지만 내가 보기에는 자신을 격려하는 좌우명으로 삼아도 좋을 듯 하다. 정신과 함께 있다면 시의 영성과 깊이는 상실되지 않는다.

이상 잡다하게 많은 것을 말하면서, 의미에 미치지 못하거나 과분한 말은 오로지 축복을 기원하기 위함이다. 장허가 완미한 인생길을 걷고 더 많이 더 좋은 시를 쓰기를 기원한다.

2017년 10월 6일 깊은 밤, 베이징 칭허쥐淸河居에서

198   나는 필히 너그러워야 해

2018년 6월 북경외대 초청으로 북경에서 한 달 이상 체류할 때 샤오샤오 시인으로부터 중국 시단 상황에 대해 많은 이야기를 들었다. 그 중 하이난海南의 소년 시인 린장허林江合 이야기도 포함되어 있었다.

필자가 관심을 갖는 시인들은 우선 필자가 배도임 박사와 편선한 『중국 당대 12시인 대표시선』(한국외대 지식출판원, 2017)에 담긴 그야말로 현재 전 중화권을 대표할 만한 베이다오와 수팅, 자이융밍, 위젠, 뒤둬, 왕자신, 시촨, 어우양장허, 량빙쥔, 위광중, 천리, 뤄푸 등 12시인(중국대륙 8인, 대만 2인, 홍콩 1인, 해외 1인. 그중 3인은 2019년 현재 이미 별세)이었고, 그 외 나중에 알게 된 샤오샤오瀟瀟와 지디마자吉狄馬加, 황누보黃怒波, 왕샤오니王小妮, 레이핑양雷平陽, 베이타北塔, 수위舒羽, 왕인王寅, 그리고 저층문학 노동시 등에 관심을 갖고 있었을 뿐, 소년 시인의 시에 대해서는 전혀 감이 잡히지 않았다.

아무리 뛰어난 소년 시인이라고 해 봤자 아직 인생 경험이 일천한 사춘기 학생이 아니겠는가? 필자의 상식으로 판단해서 이제 고등학생 2학년생(2018년)이고 출간한 제2 시집이 중학생 때 쓴 시를 모은 것이라 하니 습작이거나 잘 봐줘도 아마추어 초·중급 수준 정도가 아닐까 생각되었다.

2018년 연말 북경에서 한국문화원 초청으로 한중시가 송년

의 밤 행사를 갖고 난 후, 홍범시사紅帆詩社의 초청으로 하이
난海南으로 날아가 그곳 시인들을 만나 교류할 수 있게 되었
다. 포도주 만찬 모임에 잠시 들른 고등학교 2학년생 린장허
도 만나 보았다. 친필 사인한 시집『나는 필히 너그러워야 해
我必須寬容』를 받고는 그냥 눈에 띄는 대로 몇 수 들쳐 보았다.
「나는 필히 너그러워야 해」, 「4월 22일 먹구름을 위해 지은
시」, 「봄의 노래」, 「한밤중에 아빠와 시를 읽다」, 「아빠에 관하
여」, 「초원을 위하여」 등이었다. 소년다운 맛이 나는 면도 많
았지만, 어른들도 구사하기 어려운 중국어 시구, 상당 정도
내공이 쌓이지 않으면 쓰기 어렵다고 느껴지는 시구들도 적
지 않게 눈에 띄었다. 어, 이거 보통이 아닌데. 점점 진지해지
기 시작했다. 시집에 실린 내가 잘 아는 분들의 평어를 읽어
보았다. 샤오샤오, 장칭화, 뤄푸, 한사오궁, 쿠빈 등등, 이들
시인과 시평론 고수들의 진지한 평어와 찬사들은 그냥 가벼
운 것들이 아니라 뱃속 깊이에서 우러나오는 힘이 있는 평들
이었다. "천재"라는 칭호가 자연스럽게 튀어나오고 있었다.
장난이 아니었다.

　　나중에 더 많은 시를 읽어보고 자료들도 찾아보았다. 이미
중국 내에서는 상당이 인정받고 있었다. 그리고 서예에도 조
예가 있어 3년 전인 2016년 "중일 청소년 서예회화전"에서 '하
토야마鳩山 상'을 수상했고, 무라야마 도미이치村山富市 전 수상
과 함께 기념식 테이프를 끊은 바 있는데, 이 두 분은 일본

총리들로는 이례적으로 일본 제국주의의 식민 침략에 대한 공개적인 반성 표명을 하고, 특히 하토야마 총리는 서대문 형무소에까지 와서 사죄 하신 양식 있는 분들이라 서예 영역이지만 그분들로부터 인정을 받았다는 게 더욱 반가웠다.

이런 천재성이 있어 보이는 소년 시인 시를 한국에 소개해 보는 것은 어떨까? 한국에서 시인을 지향하는 청소년들에게 자극이 되고 롤 모델 될 수 있지 않을까 하는 생각이 들었다. 기왕 샤오샤오 시인의 시를 번역하기로 했는바, 두 시집을 같이 번역 출판하는 것도 좋지 않을까 생각이 들었다. 상의 끝에 그렇게 하기로 하였다. 필자가 독자적으로 두 권을 다 번역하기에는 시간이 좀 부족할 터이니 샤오샤오 시집 번역은 전적으로 필자가 책임지되, 린장허 시집은 김영명 박사와 같이하기로 하였다. 필자는 김영명 박사와는 번역에 있어 이미 호흡을 맞추어 본 경험이 적지 않았다.

김영명 박사는 린장허 시집을 정성 들여 읽고 번역하면서 깊은 감동을 받은 모양이었다. "지금까지 시집을 읽고 이렇게 주변 사람들에게 적극적으로 추천한 경우는 이번이 처음인 것 같다. 이 시집의 최대 장점은 편폭이 짧고, 언어는 간결하고, 시의 이미지는 4차원적이며, 시적 정취는 다분했다. 오랜만에 시 다운 시를 읽은 느낌이 들었다." 김박사의 결론적 소감은 "린장허는 우주에서 온 시인, 그의 시를 읽고 나도 시인이 되고 싶었다"였다.

이번에도 원시의 형식, 내용 등에 충실하면서도 시적 운치를 살리기 위해 공동 번역에 최선을 다했으나 두 언어의 차이에서 오는 격차도 적지 않으리라 본다. 독자 여러분들의 적극적인 관심과 애독, 그리고 많은 질정을 기대해 본다.

이 번역시집은 중국 작가출판사에서 2018년 1월 출판된 그의 시집 『나는 필히 너그러워야 해 我必須寬容』에 수록된 시들을 모두 번역하였다. 총 4부 115수로 구성되어 있다.

원 시집에는 장칭화, 샤오샤오 등의 서문이 들어 있는데, 여기서는 독자의 편의를 위해, 샤오샤오의 서문은 번역서의 서문으로, 장칭화의 글은 해설로 번역해 실었다. 두 글 공히 린장허와 그의 시를 깊이 있게 이해하는 데 많은 도움이 되리라고 생각한다. 전문가들의 평어는 원문 그대로 단원마다 제목 뒤에 번역, 배치해 넣었다. 린장허의 저자 후기는 그대로 맨 마지막에 실었다.

마지막으로 어려운 여건하에서 중국 시인 시집의 번역 출판에 흔쾌히 동의해 주신 최동호 선생님, 서정시학 최단아 대표께도 감사드린다.

2019년 11월 18일

역자 박재우, 김영명

린장허林江合, Lin Jianghe 소개

2002년 출생, 2019년 현재 중국 하이난海南 고등학교 학생.

10세에 하이난 성 작가협회에 가입했고, 현재 하이난성 청년작가협회 부주석을 맡고 있다. 중국시가학회 회원이기도 하며, 하이난성 청년시인협회 주석단 성원으로 하이평시사海風詩社의 사장을 맡고 있기도 하다. 근 100편의 시를 미국의『세계 시간詩刊』(Poems of the World),『시간』,『시가월간』,『중국 시인』,『독자』등에 발표하였다. 제8차 전국청소년 빙신冰心 문학대회 금상, 중국 좋은 시 차트 "발견상", 제3차 중국 청년시인 신예상 등을 수상했고,『현대 청년』2014년도 우수 신인시인에 선정된 바 있으며, 작품은『신세기 중국시선』,『국제중국어 시가』(2014년도판, 2015년도판),『중국 신시 베스트셀러』(2014년도, 2015년도, 2016년도),『하루 시 한 수』등 20여종의 선집에 실렸다.

초등학교 재학 중인 6살 때부터 10살 때까지 창작한 시를 수록한 시집『신비한 별 하늘』은 2014년 4월 인민문학출판사에서 출판되었고(이 출판사에서 출간한 첫 번째 초등학생 시집임), 중학생 때 창작한 시 모음집『나는 필히 너그러워야 해』는 2018년 1월 작가출판사에서 출판되었다.

옮긴이 박재우朴宰雨, Park, Jaewoo

서울대학교 중문과를 졸업한 후 대만대학 중문연구소에서 석사학위와 박사학위를 취득했다. 한국외국어대학교 중국언어문화학부에서 36년간 봉직한 후, 현재 한국외국어대학교 명예교수로 대학원에서 강의와 박사논문 지도를 맡고 있으며 매년 북경외국어대학교 등의 고급전문가로 초청받고 있다. 한국외대 대학원장, 한국중국현대문학학회 회장, 한국중어중문학회 회장, 국제루쉰연구회 회장 등을 역임하고 현재 세계한학연구회(마카오) 이사장과 중국사회과학원 계간지 『당대한국』한국 주편, 한국세계화문문학협회 회장 등을 겸하고 있다. 북경대학의 교환교수를 역임한 바 있고, 푸단대학, 난징대학, 홍콩중문대학, 대만대학, 일본 동경대학, 말레이시아 남방대학, 인도 네루대학, 미국 하버드대학, 폴란드 바르샤바대학, 영국 노팅엄대학 등 세계 50여 대학의 초청을 받아 특강을 하고 국제학술회의를 100여 차례 조직하기도 했다. 논문과 학술 발표가 200여 편, 저서에 『사기한서비교연구』(중문)와 『20세기 중국한인제재 소설의 통시적 고찰』 등 공동저서 포함 60여 종이 있고, 번역서에 『중국 당대 12시인 대표시선』(베이다오, 수팅 등), 『만사형통』(모옌, 톄닝 등), 『2017 한중일 시인축제 기념문집』(공역) 등 20여 종이 있다.

옮긴이 김영명金英明, Kim, Yeongmyeong

한국외국어대학교 중국어과를 졸업하고, 동 대학원에서 중국현대문학 전공으로 석사학위와 박사학위를 취득했다. 현재 중국언어문화학부 전임강사로 근무하고 있다. 한국세계화문문학협회 이사를 겸하고 있다. 박사논문으로는 『비판·해체·대화―류전윈劉震雲 고향삼부작 연구』가 있고, 번역서로 『한국루쉰연구정선집』(중문) 등이 있다.

　이 책은 저의 두 번째 시집으로, 시집에 수록된 115편의 시를 네 개의 장으로 나누었다. 각 장에 있는 시마다 독립된 감정과 독특한 내용을 지니지만 또 서로 연관되어 있다. 나는 이것이 시의 자유로운 특성이 그렇게 만든 것이라고 생각한다. 이 작품들은 시간상으로는 제가 초등학교 졸업한 후부터 중학교를 졸업할 때까지 지은 것으로, 많은 작품은 영감이 솟구치고, 부정하며 갈등하다가, 다시 뿜어내면서 좌충우돌하고, 거듭 수정하고 탐색한 결과이다. 이 시들은 다양한 사물을 위하여, 내가 사랑하는 이 세상을 위하여, 내가 사랑하는 사람들과 내가 사랑하는 삶을 위하여 쓴 것이다.

　이 시집을 정리하면서 여러 개의 책 제목을 생각한 바 있다. 『그』, 『소리』, 『2017』, 『장마가 계속되는 날씨, 내가 몰랐던 것』, 『바닷물로 둘러싸인 곳에 서서』 등이 있다. 한때 나는 이 시집의 제목을 『그』로 정하려 하다가 결국 『나는 필히 너그러워야 해我必須寬容』를 선택했다. 이것이 앞으로의 공부, 삶과 이 완벽하지 않은 세상에 직면했을 때의 나의 태도이기를 바라서이다. 나는 '관寬' 뿐만 아니라 '용容'을 실천할 수 있기를 바란다. 그렇다. 나는 반드시 '관용'해야 한다.

　시가 나를 취하게 하는 것은 풍만하고 반짝이는 시구를 넘

나드는 신기함과 독특함뿐만 아니라, 변화무쌍한 영감이 자유로이 날 수 있는데 있다. 마치 아름답고 끝이 없는 별의 세계처럼 드넓고 환상적이다.

처음에 나는 거친 구상으로 스쳐 지나가는 영감을 잡아 한 편의 시로 발전시켰을 뿐이다. 이런 느낌은 상당히 좋았다. 끊임없이 변화하는 외부 조건의 영향으로 내 시가 보여주는 마음가짐과 정서, 심지어는 스타일까지도 완전히 다를 수 있다. 이것은 강렬한 캐릭터 몰입의 산물이다. 내 시 속에는 나는 나라는 의식이 매우 강하다. 제목에 상관없이 내가 쓴 것은 바로 내가 존재하는 전제하에서 사물에 대한 느낌이나 생각이기 때문에 틀림없이 아쉬움이 남으리라 생각된다. 앞으로 더 많이 배우고 더 발전할 수 있기를 기대한다.

나에게 큰 사랑을 주시고 이끌어 주신 뤄푸洛夫, 지디마지 아뉴狄馬加, 쿠빈顧彬, 한샤오꿍韓少功, 리샤오쥔李少君, 황누뽀黃怒波, 장칭화張清華, 샤오샤오瀟瀟, 징원둥敬文東, 천젠후이陳劍暉, 셰여우순謝有順, 쿵젠孔見, 메이궈윈梅國雲, 아이쯔艾子, 장페이江非, 장하오蔣浩, 판웨이潘維, 옌시雁西, 샤한夏漢, 자오웨이펑趙衛峰, 렁양冷陽, 펑민彭敏 등 여러 선배님과 선생님들에게 감사드린다. 그리고 베이다오北島 선생님, 뒤뒤多多 선생님과의 여러 차례 만남은 어린 나에게는 많은 시적인 덧셈이 되는 시간이었다.

쑤샤오란蘇小懶 누나가 늘 나를 편애해 주서서 감사하다.

시에게 감사하다. 시란 장르가 나를 어릴 적부터 많은 또

207

래 아이들이 알 수 없는 신비한 별세상과 무지개의 네온을 갖게 해주었다.

작가출판사와 편집 위원 이모들에게 감사드린다.

하이난海南 중학교에서 3년간 잊을 수 없는 중학교 시절을 보내게 되어 감사하다.

나의 모든 가족에게 감사하다. 그들은 온갖 방법으로 나를 보살펴 주었고, 사랑하되 지나치지 않고, 내 생각을 충분히 존중해 주었다.

마지막으로 아빠의 말씀을 인용해서 말하자면 "시를 잘 써야 할 뿐만 아니라 인생을 시처럼 살아야 한다." 시를 사랑하는 사람들이 모두 인생을 시처럼 살 수 있기를 기원한다!

린장허林江合

2017. 8. 29. 하이커우海口에서

지은이: 린장허林江合
2002년 중국 하이난성 출생. 초등학교 시절부터 시를 창작한 하이난
고등학생 시인으로, 『신비한 별하늘』(초등학생 때 발표한 시들), 『나는 필
히 너그러워야 해』(중학생 때 발표한 시들) 등 2권의 시집을 출간.

옮긴이: 박재우朴宰雨
충청남도 금산 출신으로 현 한국외국어대학교 중국언어문화학부 명
예교수, 번역가, 산문가. 현재 대학원 박사생을 지도하며 중국 현대시
다수 번역 출간.

옮긴이: 김영명金英明
중국 길림성 출신으로 현 한국외국어대학교 중국언어문화학부 전임강
사, 번역가.

서정시학 세계 시인선 010
나는 필히 너그러워야 해

2019년 12월 04일 초판 1쇄 발행

지 은 이 · 린장허
옮 긴 이 · 박재우·김영명
펴 낸 이 · 최단아
펴 낸 곳 · 도서출판 서정시학
인   쇄 · 상지사
주   소 · 서울시 서초구 서초중앙로 18, 504호
전   화 · 02-928-7016
팩   스 · 02-922-7107
이 메 일 · poemqpoetics@gmail.com
출판등록 · 209-91-66271

ISBN 979-11-88903-37-5   03820

값 14,000원

잘못된 책은 바꾸어 드립니다.

이 도서의 국립중앙도서관 출판예정도서목록(CIP)은 서지정보유
통지원시스템 홈페이지(http://seoji.nl.go.kr)와 국가자료공동목록시스
템(http://www.nl.go.kr/kolisnet)에서 이용하실 수 있습니다.(CIP제어
번호: CIP2019047951)